HERMANCIL DRUOT

Épis et Bleuets

Poésies

AVIGNON
MAISON AUBANEL FRÈRES
IMPRIMEURS DE NOTRE SAINT-PÈRE LE PAPE

1929

Épis et Bleuets

Poésies

Nihil obstat :

Vesuntione, die 30ª oct. 1928.

P. BRINGARD,
Cens. lib.

Imprimatur :

Vesuntione, 1ª nov. 1928.

† HENRICUS Cal BINET,
Archiep. Bisunt.

HERMANCIL DRUOT

Épis et Bleuets

Poésies

AVIGNON
MAISON AUBANEL FRÈRES
IMPRIMEURS DE NOTRE SAINT-PÈRE LE PAPE

1929

A SON ÉMINENCE

LE CARDINAL BINET

Qui intrat per ostium, Pastor est

EMINENCE,

Dieu soit remercié, béni, loué, chanté !
Gloire à jamais au Christ ! Gloire à la sainte Eglise !
Qu'en ce saint jour la joie et l'orgueil rivalisent
En nos accents émus, en nos cœurs enchantés.

Sous la voix des clochers qui passait en rafales,
Sous les hymnes de l'orgue aux sonores essors,
De votre temple, où ruisselaient les flammes d'or,
Ce matin, submergeant les portes triomphales,

Vos enfants se pressaient pieux, vibrants, ravis,
Le front, le cœur levés pour vous voir apparaître,
Entouré des prélats, des chanoines, des prêtres,
Et sur tous rayonnant du haut des saints parvis.

Oublieux maintenant de la trop longue épreuve,
Votre peuple est courbé sous la main qui bénit,
Puis, à regret, quand la douce fête finit,
Du porche de Saint-Jean s'écoule comme un fleuve.

Il reste heureux, car il emporte à son foyer,
Avec son humble amour, avec sa gratitude,
La consolante et bienheureuse certitude
Que c'est un grand Prélat que Dieu vient d'envoyer.

Il se souvient qu'hier sur les rives de l'Aisne,
Quand le Pasteur rentrait, de gloire revêtu,
Pour acclamer et son renom et sa vertu,
Tout Soissons accourait, d'hommages les mains pleines,

Que les églises et les clochers reconstruits
Applaudissaient par dessus les fécondes plaines,
Que, sans qu'il pût un seul instant reprendre haleine,
On l'envoyait porter ici de nouveaux fruits.

Que, défiant le siècle impie et sa malice,
Il arrivait chargé d'optimisme et d'espoir,
Prêt à tous les bienfaits, prompt à tous les devoirs,
Dans le nimbe de la pourpre cardinalice.

Et quand, l'âme tendue et le cœur en émoi,
Dimanche, ils écoutaient votre premier message,
Vos fils, les yeux baignés de pleurs à tel passage,
Vous jetaient, Monseigneur, leur amour et leur foi.

Avec nous à jamais vous aurez souvenance,
O semeurs Franc-Comtois des sanglantes moissons,
Pieusement tombés dans les champs de Soissons,
De l'instant où, le bras levé, Son Éminence,

La pensée lourde des tragiques souvenirs,
Et les yeux pleins des gigantesques hécatombes,
Du doux coteau rêveur qui domine vos tombes,
Faisait pour nous le divin geste de bénir !

Donc vous avez conquis du premier jour nos âmes,
O Monseigneur, et vous pouvez compter sur nous :
Nos volontés sont devant vous à deux genoux
Et tous les cœurs de ce diocèse vous acclament.

Bientôt vous parcourrez notre beau sol Comtois,
Nos plaines, nos plateaux, nos gorges, nos montagnes,
Splendide écrin repris au trésor des Espagnes,
Et qui contient tant de merveilles à la fois :

Chez nous pas de magnificences inutiles,
De pics déchiquetés, de glaciers, de déserts;
Mais les sommets boisés, les plateaux toujours verts,
Les vignobles dorés et les moissons fertiles;

La beauté cependant rayonne de tous lieux,
Des ceintures d'argent de nos roches sereines,
Des austères vallons, des chantantes fontaines,
Et des grands sapins noirs près des petits lacs bleus.

De l'âme des Comtois, Monseigneur, c'est l'image :
Sur le ferme granit de la foi, du bon sens
Et des traditions, en mille traits plaisants,
Elle construit du beau, du bien, le paysage;

Et comme un diamant enchâssé dans de l'or,
En son cœur généreux elle garde, tenace,
En dépit de tous les obstacles et menaces,
De sa fidélité l'immuable trésor.

Vous avez pris son cœur par votre premier geste,
Eminence, et ce cœur est à vous pour jamais...
Pour l'Eglise et le Christ, pour la France et la Paix,
Commandez, nous suivons... et Dieu fera le reste.

Chant de Laudes

Je crois en Vous, Seigneur, ô Créateur, ô Père;
Le splendide Univers chante votre Beauté;
Je crois en Vous, Seigneur, je crois, j'aime et j'espère;
J'adore votre Amour et votre Immensité.

La montagne et l'abîme étalent votre gloire;
Dans la plus humble fleur sourit votre Bonté,
Et le royal soleil sur son char de victoire
N'est qu'un reflet de votre ineffable Clarté.

Les oiseaux, le printemps, la jeunesse et la vie,
Et la cime de glace, et le désert de feu,
Et l'azur qui remplit ma vision ravie;
Et l'esprit et le cœur, Vous proclament, mon Dieu.

Mon âme aussi s'exalte et chante à ce spectacle;
Mais, ô Verbe fait chair, et venu parmi nous,
Quand je songe au trésor de votre Tabernacle,
Mon cœur se fond d'amour, et je pleure à genoux.

Vous aimer, mon Dieu

Je voudrais vous aimer, mais de toute mon âme,
O Vous qui m'avez fait pour votre seul bonheur;
Vous que mon cœur adore et que ma voix acclame,
Je voudrais vous aimer, mais de toute mon âme,
Mon Principe et ma Fin, mon Père et mon Seigneur.

Je voudrais vous aimer, mais de toute mon âme :
De vos divines lois trop souvent contempteur,
Moi-même j'ai dressé votre gibet infâme;
Je voudrais vous aimer, mais de toute mon âme;
Vous avez tant souffert par moi, mon Rédempteur.

Je voudrais vous aimer, mais de toute mon âme;
Car, en alimentant mon pauvre cœur mortel,
Votre Cœur, ô Jésus, le transforme et l'enflamme;
Je voudrais vous aimer, mais de toute mon âme,
Et ne plus être heureux qu'au pied du Saint Autel.

Je voudrais vous aimer, mais de toute mon âme;
Quand de partout je vois que le péché s'abat,
Tout mon être contrit le sent et le proclame :
Je voudrais vous aimer, mais de toute mon âme,
Et pour Vous seul, mon Dieu, mener le bon combat.

Je voudrais vous aimer, mais de toute mon âme;
Mais quand le monde, hélas! revient pour la charmer,
Pourquoi n'est-ce pas vous toujours qu'elle réclame?
Je voudrais vous aimer, mais de toute mon âme!
Aidez-moi donc, Seigneur, à toujours vous aimer.

Hommage à Marie

Vierge ineffablement puissante, bonne et pure,
Reine, Mère et Modèle, à vos pieds prosternés,
Des splendeurs dont nos champs par Mai sont couronnés
Nous mettons en vos mains l'innocente parure.

A vous tous les rayons dont s'orne la nature,
Les blancs hivers et les automnes fortunés;
Et des bleus firmaments la royale tenture,
Et les couchants, de pourpre et d'or illuminés;

A vous, l'étoile blonde au front des nuits sereines;
O Mère auguste de l'Enfant Jésus, à Vous
Des purs regards d'enfants les clartés souveraines!

A vous, surtout, l'adolescent fort, chaste et doux,
Qu'on voit près de l'autel de la Reine des reines,
Avant l'obscur combat prier à deux genoux.

Grands Saints du Paradis

Grands Saints du Paradis, toute notre âme
Sur l'aile de l'amour monte vers vous :
Aux pieds du Christ elle vous voit et vous acclame,
Et devant votre gloire elle tombe à genoux.

Grands Saints du Paradis, dans l'empyrée
De bonheur infini vous rayonnez,
Et de nos tristes nuits votre âme délivrée
Met un soleil de joie à vos fronts couronnés.

Grands Saints du Paradis, glorieux frères,
Par l'amour à jamais fixés en Dieu,
Ayez pitié de ceux qui, sous les vents contraires,
Cherchent le port dans les ombres de ce bas lieu.

Grands Saints du Paradis, que nos louanges
Et notre humble prière et nos douleurs
Nous vaillent d'être un jour, avec vous et les anges,
Dans le beau ciel, dont nul frimas n'abat les fleurs.

Reste, Paysan

Pourquoi la déserter, ô paysan, mon frère?
Dis-moi, que cherches-tu loin du vieil horizon?
Pourquoi la déserter, ton amie et ta mère?
Quel soleil a rendu ta sueur plus amère,
Ou quel vent de folie a troublé ta raison?

Es-tu donc amoureux des besognes serviles,
Toi qui sur tous les tons chantais la liberté,
Au point de t'enfermer dans le carcan des villes,
Et de courber au vent de nos guerres civiles
Ce front qui regardait les cieux avec fierté?

Quoi! pour avoir soulier plus noir et main plus blanche,
Pour palper un paiement périodique et sûr,
Se faire un horizon d'un mur et d'une planche;
Comme trésor garder à peine l'humble tranche
Que les toits enfumés découpent dans l'azur!

Quand on avait les champs, les prés, les bois, l'espace,
Sous le firmament bleu les grands monts à genoux;
Venir chaque matin se clouer à sa place
Avec une vertu sotte que rien ne lasse,
Et trembler à l'aspect d'un homme comme nous!

2

Pourquoi vous éloigner des antiques rivages?
Pourquoi donc, excités par de faux appétits,
Donner vos libertés contre tant d'esclavages?
Paysans, vous étiez si grands dans vos villages,
Et vous voilà dans nos cités les plus petits!

Oh! reviens, paysan, reviens : c'est le naufrage,
C'est la mort, c'est l'enfer que de rester là-bas!
Pour toi, pour tes enfants, ressaisis ton courage!
Reviens! Tu peux encor défaire ton ouvrage :
La nature t'appelle : elle t'ouvre ses bras!

Le long de ton chemin les fleurs vont te sourire;
La brise effleurera ton front d'un frais baiser;
Ta vue éveillera les oiseaux en délire
Et le vieux seuil dans son amour semblera dire :
« Je t'attendais, viens vite, enfant, te reposer. »

Et les vieux jougs luisants pendus à la remise,
Les aiguillons de houx, le harnais, le collier,
Les socs rouillés couverts encor de terre grise,
Dans un tressaillement de joyeuse surprise,
Entre eux murmureront : « Il revient travailler. »

« A nous l'écho joyeux, les rayons, les arômes,
Et quand le soleil d'or monte au ciel enchanté,
Les courses du matin par les prés et les chaumes;
De la plaine et de l'air à nous les deux royaumes!
A nous le clair espace! A nous la liberté!

Qu'importe du travail des champs le joug austère?
Il te fait, celui-là, des muscles et du sang!
Le ciel a marié, dans un fécond mystère,
Aux souffles des airs bleus les souffles de la terre,
Pour créer ta santé superbe, ô paysan!

Tandis qu'en nos cités s'avilissent les plèbes
Et que tout y naufrage en sombres désarrois,
Tu t'en vas, escorté de robustes éphèbes,
Et de filles au sang vif, à travers les glèbes,
Libre comme l'air libre et plus roi que les rois!

Garde bien, paysan, ton sol et ta chaumière,
Et quand le bâtiment social croulera,
Tandis que les renards du mal en leur tanière
Mourront broyés, tes fils, le front dans la lumière
Paraîtront, et leur main forte nous sauvera.

Auréole

Les prés ensevelis dans l'odeur des foins mûrs
S'endorment aux soupirs des fraîchissantes brises;
Le blonde étoile, à l'Orient, perce l'azur;
En longs sillages d'or, parmi les ombres grises
Le soleil de Juillet répand ses derniers feux :
Du soir, du soir superbe, un doux charme s'envole :
Et le faucheur revient, sifflant un air joyeux,
Tandis que le couchant lui fait une auréole!

La Chanson du Foin

Gars de Franche Montagne,
La royale campagne
Rit sous un ciel de feu,
Et du firmament bleu
Descend l'appel de Dieu.
Gars de Franche Montagne,
Vite, vite en campagne!
  De vos fiers poumons,
  Faucheurs, sur ces monts,
  Que jaillisse au loin
  La chanson du foin!

Dilatez les poitrines
Et qu'à pleines narines,
Des vallons, des hauteurs,
Vous aspiriez, chanteurs,
Les divines senteurs.
Dilatez les poitrines
Et qu'à pleines narines
  De vos prés en fleurs
  Entrent les senteurs,
  Apportant de loin
  La chanson du foin.

Jalousement enclose,
La plaine en fleurs repose
Sous le ciel pur de juin,
Et l'éclat du matin
En tapis de satin
Au loin métamorphose
Gramen et sainfoin rose :
  Suprêmes beautés !
  Montagnards, jetez
  A plein cœur, au loin,
  La chanson du foin.

Sous les lames tournantes
Les herbes foisonnantes
Tombent en pâlissant,
Et, toujours bruissant,
La faux couche en passant
En gerbes frissonnantes
Les herbes foisonnantes,
  Et du frais andain,
  Dans l'air du matin,
  Monte, monte au loin
  La chanson du foin.

Fleurs de pourpre, fleurs blanches,
Fleurs d'or, en avalanches
S'écroulent. Le faucheur,
Lent et vaillant marcheur,
Couche dans leur fraîcheur,
En longues avalanches,
Fleurs roses et fleurs blanches :
  Et les fraîches fleurs,
  Aux douces couleurs,
  Murmurent au loin
  La chanson du foin.

Voici venir, gentilles,
Là-bas, les jeunes filles,
En rouges tabliers,
Dans l'ombre des sentiers,
Avec leurs pleins paniers.
Voyez venir, gentilles,
Là-bas, les jeunes filles.
  Vive un doux répit!
  Et que l'appétit
  Chante dans son coin
  La chanson du foin.

Dès ce soir, dans les granges
Pleines d'échos étranges,
Où le char roulera,
Où le foin dormira,
Le faucheur entendra
Passer comme un vol d'anges
Au fond des vastes granges,
  Et même en la nuit,
  Où s'éteint tout bruit,
  Ne se taira point
  La chanson du foin.

Dieu bon, Dieu de nos pères,
Garde toujours prospères
Nos prés et nos sillons;
Garde, nous t'en prions,
Dans les traditions
Augustes de leurs pères,
Garde les fils prospères.
  Et qu'en ton honneur,
  Toujours, ô Seigneur,
  Monte, monte au loin
  La chanson du foin.

Oratoire rustique

Oh! qu'elle est douce, oh! qu'elle est belle,
Quand, dans l'aurorale fraîcheur,
Mes paroissiens montent vers elle
Pour y prier leur Protecteur!
On entend chanter dans les branches
La brise et l'oiseau réunis,
Tandis que sur nous tu te penches,
Saint Claude, et que tu nous bénis.

La Source noire

Dans un retrait du val où, sous les sapinières,
Par dessus les blocs gris coiffés de velours vert,
Les vagues du Lançot agitent leurs crinières,
Il est, sous de hauts rocs disloqués par l'hiver,
Entre les lourds morceaux des éboulis sauvages,
Il est un trou petit qu'étrangle le rocher :
C'est là qu'au lendemain des sublimes orages
Un puissant torrent vient, en grondant, déboucher.
Courbé, rapetissé sous un plafond de pierre,
Il se débat avec un sourd mugissement,
Glisse, échappe, et, dressant ses flots en courbe altière,
Leur fait un magnifique épanouissement;
Puis l'onde, éparpillée en blanches chevelures,
Sur les rocs frissonnants se heurte mille fois,
Et sous les grands taillis aux royales ramures
S'enfuit, atténuant ses rayons et ses voix.
On l'aperçoit encor, sous les vertes arcades,
De bassins en bassins dévaler saut par saut;
Et, cent pas en aval, les grises cavalcades
Agitent leur bannière aux rives du Lançot.
Mais le torrent s'est tu : les jours à chaude haleine
Ont épuisé la coupe où bouillonnaient les flots;
Seul, en glissant dans une vasque à demi pleine,
Un filet cristallin fait tinter ses grelots :

Amis, par le talus ombreux piqué de fraises
Descendons. Le soleil a vraiment trop d'ardeur :
Au zénith de Juillet il tisonne ses braises.
Descendons cette berge. Oh ! la fraîche tiédeur !
Elle vous enveloppe, exquise, et vous pénètre :
Dans le corps redressé le poumon s'élargit ;
Comme aux beaux jours d'Avril nous nous sentons renaître.
Asseyons-nous loin du soleil et loin du bruit.
Les rocs sont tapissés de soyeuses fourrures
Dont le vert, nuancé d'azur et de grenat,
Dans de vifs médaillons aux mobiles dorures,
Se huppe de petits géraniums incarnat.
Çà et là, le soleil darde une ardente flèche
Où l'insecte qui passe accroche un diamant ;
Et, sur un fond bleuté, là-bas dans l'ombre fraîche,
Les vieux saules cendrés s'empanachent d'argent ;
Tandis que de leurs pieds, en chapelets de perles,
Le ruisselet descend avec son refrain clair,
Silencieux et brefs, de loin en loin, les merles,
D'un bord à l'autre bord passent comme un éclair.
Sur nos fronts soulevant de princières tentures,
Avec leurs longs bras noirs galonnés de rayons,
Au soleil qui leur fait de discrètes bordures,
Les grands foyards opposent leurs verts pavillons.
L'ombre a des profondeurs douces, mystérieuses ;
Et les semis de jour ont des regards charmants ;
L'émotion jaillit de ces choses rieuses
Et le joyeux bonheur de ces recueillements ;
Et parmi ces objets si doux que l'on admire,
Pauvre humaine folie, on vous oublie un peu ;
Car la nature, avec son éloquent sourire,
Nous chante la tendresse et la beauté de Dieu !

La Vieille Fuve

Le val frissonne sous l'averse
Qui flagelle les coteaux roux :
Et la vieille fuve se berce
Au souffle des vents en courroux.

Pendant qu'en colonnes fumeuses
Le ciel fait tournoyer ses eaux,
Dans son cadre aux lignes brumeuses
La fuve agite ses rameaux.

Comme un ennemi qu'on provoque,
Parfois le vent à bras-le-corps
L'étreint; mais la fuve s'en moque
Et se dégage sans efforts.

Quand l'orage, à perte d'haleine,
Accourt sur toi de la hauteur,
Tiens vaillant et droit dans l'arène,
O pittoresque et vieux lutteur!

Le Val noir

Aux lieux où le Lançot, né des cascades blanches,
Dans les couloirs de tuf se prépare à bondir,
En face du chaos de rochers et de branches
Parmi lesquels on voit monter et resplendir
Les gerbes de la Source Noire, un vallon s'ouvre,
Où l'ombre et le silence ont fixé leur séjour :
Le pan d'azur qu'en haut l'œil à peine découvre
Y met timidement quelques reflets de jour.
Si parfois le soleil, au milieu de ses courses,
Plonge son radieux regard jusques au fond,
C'est un instant la fête et des fleurs et des sources;
Maïs le mystère, après, redescend plus profond.
Deux pentes d'un seul jet, verticales, géantes,
Entre leurs pieds serrés étranglent les ravins,
Et portent sur leurs flancs, tailladés de béantes
Cicatrices, les noirs bataillons des sapins.
Là-haut, de blocs carrés les assises énormes
Font songer à des forts bâtis par les Titans :
Ils en ont retenu les gigantesques formes
Et semblent se moquer de l'orage et des ans.
Quand l'hiver neigeux sur la cime désolée
Apparaît, secouant les plis de son linceul,
Les chants, pour six longs mois, de la noire vallée
S'exilent, et l'effroi vient y demeurer seul;
Et quand le soir, au front chargé d'horreur, dévale,

Et quand le vent glacé, tombé du froid plateau,
Seul mugit et tournoie en sinistre rafale,
Eveillant çà et là des clameurs de tombeau,
Si dans l'abrupt sentier un voyageur s'attarde,
De terreur secoué dans l'âme jusqu'au fond,
Que la douce Madone, oh! le guide et le garde!
Car le sol est glissant et l'abîme est profond.
Mais quand vient le printemps, et que, dans la grisaille
Des fourrés, veufs encor du feuillage aux tons clairs,
Sur les roses daphnés constellant la broussaille,
Le gai soleil d'avril met ses premiers éclairs;
Quand l'air s'échauffe, et que mai, plus tiède, aux squelettes
Des branches vient nouer son glorieux manteau;
Quand les vieux rocs moussus se coiffent d'arabettes;
Quand du fond de la gorge au sommet du coteau,
Sur le sol pénétré de chaleurs estivales,
Dans les débris tassés et morts depuis longtemps,
On voit s'épanouir en touffes triomphales
Les trésors toujours neufs de l'éternel printemps :
Scilles à l'œil d'azur dans le tapis des mousses;
Sur les eaux lobes d'or de la calthe entr'ouverts;
Panaches de spirée aux caresses si douces;
Tussillages jonchant le sol de disques verts;
Corbeilles de fougère, eupatoires superbes,
Et mille autres joyaux dans l'ombre ensevelis,
En bas, chaos de fleurs dans la vague des herbes;
En haut, les buissons verts au splendide fouillis;
Quand tout cela sourit, palpite, embaume, ondoie;
Qu'il est doux, loin des lieux où le monde bruit,
Où partout la sottise humaine vous coudoie,
Où même les oiseaux parfois font trop de bruit,
De s'égarer seul, dans cette gorge, dont l'ombre
Et le mystère sont pris comme en un filet,
Et là, rêveur, penché sous une roche sombre,
D'écouter l'éternel solo du ruisselet!

Sérénité

Parmi les trésors que Dieu donne
Au lendemain d'un riche été,
Rien ne vaut la douce clarté
D'un jour serein d'arrière automne.

L'arbre a laissé choir ses fruits d'or;
Les granges sont pleines de gerbes
Et, couronné de soirs superbes,
L'Univers dans la paix s'endort.

Sous le fervent soleil qui plonge
Ses feux dans un ciel toujours clair,
Ces derniers mois d'automne ont l'air
D'un bel été qui se prolonge.

Le long des taillis empourprés
Où la fauve saison rougeoie,
Les fleurs ont des regards de joie
Dans la blonde verdeur des prés;

Et, bien avant que le cortège
Des jours ardents s'en soit allé,
Le vrai bonheur s'est installé
Dans les foyers que Dieu protège.

La Saint Nicolas

La bise a nettoyé l'azur glacé : La neige
Scintille toute blanche aux rayons du matin.
Aux vitres où la mouche, en incessant manège,
Bourdonnait, seul, dans les fougères de satin
Et d'argent, le soleil fait ruisseler des perles.
Sous un ciel clair la ferme rit dans un frisson :
Trois petits garçons, comme un jeune nid de merles,
Pour la première fois envolés du buisson,
S'échappent triomphants par la porte entr'ouverte.
De la vieille paroisse ils ont pris le chemin,
Et traversent, rieurs, la plaine au loin déserte.
Contre le froid, ils ont mitaine à chaque main,
Chaussons dans les sabots et, couvrant les oreilles
Avec le cou, bonnet à poil et cache-nez.
« La culotte et la blouse aujourd'hui sont pareilles
Au dimanche ! » dit le petit Paul aux aînés.
Et le rire argentin tinte sous ses dents blanches.
Les deux frères alors, naïfs et sérieux :
— « Oui, la Saint-Nicolas, c'est toujours des dimanches,
C'est la messe, et puis point de classe, et puis des jeux;
Et puis maman, tu sais, hier a fait les galettes;
Et puis tous les garçons viennent dîner chez nous. »
Ainsi parlent les vieux, et leurs voix guillerettes
S'en vont dans le bois noir épouvanter les loups.

Mais voici le village, et la place, et l'église;
Déjà trente bambins au franc rire, aux grands yeux,
Livrent, sans sourciller, leur peau rose à la bise
Et sur le sol durci font des cercles joyeux.
Sitôt qu'il les a vus : « La table est déjà mise,
Dit Paul, et vous aurez de la galette aux œufs! »
— Bravo! — Mais tout à coup la cloche carillonne :
En un murmure doux s'assoupissent les voix;
Et dans la nef glacée où le matin rayonne,
Tous les petits garçons s'engouffrent à la fois.
Quand ils sont alignés, le plus grand de la bande
Passe auprès d'eux, et tous, pour monsieur le curé,
Mettent dans son bonnet, candide et pure offrande,
Le gros sou qu'au départ ils se sont procuré :
C'est de la messe l'humble honoraire. Le prêtre
Enfin paraît, vêtu de sa chasuble d'or;
Et, dans la stalle, se redressant, le vieux maître
Bouscule l'introït de sa voix de stentor.
Mais voici qu'à leur tour comme un feu d'artifice,
Echappés à la fois de vingt gosiers d'enfants,
Les couplets au grand Saint font vibrer l'édifice
Et jusqu'au ciel sans doute arrivent triomphants.
Petit Paul a lui-même oublié les brioches :
Prompt et vif, comme à la descente un char sans frein,
Front relevé, torse en avant, mains dans les poches,
Il n'y tient plus sitôt qu'on arrive au refrain;
Il part, et s'époumonne, et devient écarlate;
Mais quels rayons dans son regard ardent et clair!
Sur tous ces fronts d'ailleurs la vive joie éclate :
L'invisible bonheur du ciel passe dans l'air,
Car l'innocence est une incessante prière,
Et Dieu sourit toujours à l'enfance au cœur pur.
Cependant le prêtre a dit l'oraison dernière :
Il bénit tout son monde et l'on s'en va. L'azur

Rayonne là-haut, la neige en bas, l'allégresse
Partout. Il s'agit bien de pensums et d'ennui!
On crie, on court, on lutte et de force et d'adresse;
Du regard les mamans suivent avec tendresse;
Et l'on dirait vraiment le dimanche aujourd'hui!
Mais le temps fuit; Messier Gaster enfin criaille :
Chacun s'en va chez soi pour bientôt revenir,
Blouses et mouchoirs tout bourrés de victuailles,
Autant que les petites mains peuvent tenir.
Sous le pli qui les cache un œil adroit devine
Le col d'une bouteille ou l'ourlet d'un gâteau,
La tranche de jambon, les œufs frais, la terrine
De crême, enfin de quoi régaler un château.
Puis l'on part à travers la plaine éblouissante :
Les sabots font crier la neige en s'y plongeant,
Et dans l'air attiédi la forêt bruissante
Laisse choir au soleil ses guipures d'argent.
Et les gamins bavards font des bruits de fauvettes
En ce jour de décembre au radieux décor :
Paul surtout avec feu parle de ses galettes,
On va donc en manger encor, encor, encor!
Mais la ferme apparaît et, jasant sur la porte,
Attendant Paul, puis l'appelant, ses jeunes sœurs :
— Les voici. — Nous voici! — Bonjour! — Et chacun porte
A la bonne fermière un fardeau de douceurs.
Déjà la soupe aux pois, dorée et savoureuse,
Rit provocante en son grand vase au ventre brun,
Tout auprès un jambon de taille vigoureuse,
Se vautre sur des choux au robuste parfum.
Mais les gâteaux surtout, voilà ce qu'on dévore
Des yeux, car c'est la chose ineffable, le clou!
Oh! ce beurre opulent, ces œufs, couleur d'aurore!
Vrais lacs d'or encadrés de rives d'acajou!
Est-il vrai qu'on aura tout ce bonheur d'un coup?

— « A table, mes enfants, commande la fermière,
« Et toi, Popaul, dis-nous le *Benedicite* ».
Tous se taisent : les cieux s'ouvrent sur la chaumière.
Attaquez maintenant, et vive la gaîté !

Mais le bonheur terrestre est chose fugitive :
Les enfants sont encore à leur festin joyeux
Que par la porte basse entre la nuit hâtive.
On avait cependant rêvé de si beaux jeux !
Trop tard : la plaine est longue : il faut que l'on s'active.
Le soleil est tombé sous l'horizon poudreux.

Noël

Les vents s'endorment dans l'espace :
Mille astres, diamants de feu,
Sous les doigts de l'ange qui passe
S'allument au fond du ciel bleu.

Le sol revêt sa blanche robe,
Soyeux satins, joyeux cristaux,
Et la nuit peu à peu dérobe
Les derniers rayons aux coteaux.

A l'humble ferme où tout repose
Les autres soirs, on veille encor;
Car sous la porte à demi close
Je vois passer un filet d'or.

Des rires s'égrènent : l'on ouvre,
Et d'enfants un groupe blondin
Sur le seuil que la neige couvre,
Gais oiseaux, se posent soudain.

Ils ont mis l'habit du dimanche
Que tissa la main du fermier,
Et, pesant sur leur tête blanche,
La casquette de poil grossier.

A leurs voix espiègles et pures
Le père vient mêler sa voix :
« Enfants, prenons par les pâtures,
On y voit mieux que par les bois. »

Et l'essaim folâtre s'envole;
Et là-haut la reine des soirs
Met une indécise auréole
Au front rêveur des sapins noirs.

Le sol durci bientôt s'incline :
On applaudit, car tous les yeux
Ont aperçu dans la colline
L'Eglise aux vitraux radieux.

Mais déjà dans la nef antique
Les montagnards sont rassemblés
« Noël! Noël! » A ce cantique
Dans les cœurs doucement troublés

Descend un flot clair d'allégresse,
Le ciel s'ouvre sur les chrétiens;
Et de sa crèche avec tendresse
L'Enfant Jésus bénit les siens.

La Reine de la Fève

Auprès du foyer grand'mère est assise
Et son œil mi-clos que l'âge assombrit
Regarde tantôt la flamme indécise,
Tantôt l'humble salle où le bonheur rit.

Plus qu'aux autres jours la table rayonne;
La nappe aux longs plis couvre le bois nu;
Petit verre au pied mignon carillonne,
Et sans doute exquis sera le menu.

Un ange, aux yeux noirs, à la voix mutine,
— Mon vivant portrait quand j'étais enfant!
Dit souvent l'aïeule, — ici, là, trottine,
Examinant tout d'un air triomphant.

Innocence et paix! Mais soudain la porte
S'entr'ouvre, et l'on voit, sur un grand plateau,
Un beau disque d'or paraître : — On l'apporte,
Grand'mère! — Et quoi donc? — Eh bien! le gâteau!

Et voici qu'après viennent les convives :
Absents bien-aimés présents pour un jour;
Toilette, uniforme, aux nuances vives,
Fronts brillants de joie et cœurs chauds d'amour.

« La vie autrefois put m'être cruelle,
Songe l'aïeule, et, sous son front plissé,
D'amers souvenirs vont battant de l'aile :
Mais le noir nuage est vite passé.

Comme le Bon Dieu m'a payé mes larmes!
Un joyeux soleil luit sur mes vieux ans;
Que me manque-t-il? L'enfant sous les armes,
Les trois sœurs, leur mère, ils sont tous présents.

Tous de santé fière et de bonne mine,
Tous aimants! S'il faut, ici-bas, Seigneur,
Qu'à travers nos cœurs la douleur chemine,
Sur ses pas du moins vient le vrai bonheur. »

Et, sur son vieux front, l'aïeule, à ce rêve,
Sent passer comme un souffle de printemps.
Soudain l'éveillant : « Grand'mère a la fève! »
Clament à la fois tous les assistants.

Qu'est-il arrivé? Tout à l'heure Yvonne
A dit qu'il fallait couper le gâteau;
Puis elle a caché sa tête mignonne;
Alors le grand frère, armé du couteau :

— A qui cette part? — A maman chérie,
— Cette autre? — A grand'mère,— Et cette autre?— A toi,
— L'autre? — A papa, — L'autre? — A ma sœur Marie,
— Ensuite? — A Cécile, — Enfin? — C'est pour moi!

Puis elle a couru, trépignant de joie,
Et se soulevant sur ses petits bras,
Elle a pris, joyeuse, ainsi qu'une proie,
La part de grand'mère : — Elle y est! Tu l'as!

Et sous le plafond vivement résonne
L'applaudissement parti tout d'un jet :
« Du moins, dit l'aïeule, embrassant Yvonne,
Si je n'avais pas ce mauvais sujet,

Je pourrais tenir la facile rêne
Du gouvernement, mais chacun le voit,
C'est l'anarchie !... » et, ce disant, la reine
Sourit doucement, prend son verre et boit.

Alors, saisissant la culotte rouge
Du frère soldat qui lui tend la main,
Et faisant à tous signe qu'on ne bouge,
La petite fille est en haut soudain.

Au dolman noir un de ses bras s'appuie ;
L'autre, de grand'mère, en un tour vainqueur,
Saisit la serviette et, rapide, essuie
Les lèvres. — Chacun rit de tout son cœur !

Paysage ouaté

Du ciel funèbre avec un silence de tombe,
Tombe,
Douce et triste à la fois, la neige aux flocons blancs,
Lents.
Déjà l'heure où la vie à son réveil frissonne,
Sonne :
Plus long le jour s'attarde au fond des gracieux
Cieux ;
Mars approche... et voilà qu'en un coin d'hiver sombre,
Sombre
L'aube du gai printemps. Sur le morne linceul,
Seul,
Un passant qu'à sortir quelque besogne invite,
Vite,
Court à son but, front, col, bouche encapuchonnés,
Nez
Et joue où le froid met des teintes moroses
Roses ;
Pendant que les pieds lourds creusent des entonnoirs
Noirs.
Et sans répit, en un morne et muet manège,
Neige
Ce ciel blafard où l'œil cherche en vain l'horizon :
Son

De voix humaines, bruit de l'onde aux gais quadrilles,
Trilles
D'oiselets, sous l'hiver de froids flocons semeur,
Meurt
La joie et ses chansons. En sa demeure agreste
Reste,
Les flancs dans un étui de poix et de velours,
Lourds
De vie, et leur fraîcheur contre toute morsure
Sûre,
Le germe qui demain sortira du tombeau,
Beau.

La Baguette de Fée

Sous un pesant hiver la nature enchaînée
Vient de chanter enfin son hymne de réveil
Et, des derniers frimas hier encor couronnée,
La cime de nos monts s'enivre de soleil.

Le vent du sud plus chaud galope dans l'espace,
Traversé par instants de glacials frissons;
C'est le dernier effort du sombre hiver qui passe
Et porte au nord brumeux son front plein de glaçons.

Bien avant, dans les flancs de la terre féconde,
Pénètre bienfaisante une douce chaleur :
Au fond du sol muet tressaille un nouveau monde;
Déjà s'épanouit, souriante, la fleur.

Aux lieux ensoleillés où, sous l'eau qui scintille,
Rit des premiers gazons la vibrante verdeur,
La calthe des marais comme une étoile brille,
Egrenant ses fleurs d'or dans l'air plein de tiédeur.

Mars s'enfuit et, demain, les oiseaux en délire
Empliront de leur voix le taillis enchanté,
Pendant qu'aux bosquets fiers de leur robe d'été
Le soleil jettera son éclatant sourire.

Et sur la fraîche rive où l'ombre plane et dort,
Dans l'enveloppement d'une clarté plus douce,
Tussilage, eupatoire, éployés sur la mousse,
Pendant que resplendit là-haut le rocher d'or,
Se mireront aux flots arrêtés près du bord.

Et lui, l'artiste, avec sa baguette de fée,

Il viendra vous fixer sur la toile, ô splendeurs,
Et quand le froid aura flétri feuilles et fleurs,
Le pinceau, ravissant à l'hiver son trophée,
De la nature en deuil sous la neige étouffée
Fera s'épanouir les ardentes couleurs.

Tentateurs !

Ils t'ont peint, ô mon frère, avec des traits d'esclave,
L'œil inerte et brutal sous le front déprimé;
Du travail et du sol portant l'ignoble entrave,
Et sur l'idéal mort gisant inanimé;

Ils ont dit que, semblable au bœuf de ta pâture,
Tu bornais tout ton rêve à l'herbe de tes champs;
Que tu n'entrevoyais de la sainte nature
Ni les aspects joyeux, ni les aspects touchants;

Que l'étoile pour toi n'avait pas de sourire,
Que tu demeurais sourd aux concerts des oiseaux;
Qu'à l'heure où le printemps se réveille en délire,
Promenant le bonheur sur la terre et les eaux,

Tu marchais sans rien voir à ta besogne vile,
Supputant seulement ce qu'il faudrait de grain
Et d'amères sueurs dans le sillon d'argile,
Pour donner aux enfants des habits et du pain;

Qu'au fond de nos cités, sous des cieux pleins d'étoiles,
A l'œil de tous brillaient les nobles visions;
Que l'homme avait là-bas soulevé tous les voiles
Et de la vérité ravi tous les rayons;

Que seul, ô paysan, tu restais sans aurore,
Sans qu'une humble lueur dans tes ombres ait lui,
Tandis qu'au loin passait le divin météore
De l'auguste science attirant tout à lui.

Puis ils t'ont dit, s'armant d'une pitié menteuse :
« O paysan, pourquoi dans la nuit demeurer?
Il faut à ton bonheur plus qu'une foi pieuse :
Viens à nous, paysan, nous voulons t'éclairer!

Nous sommes le progrès, la fortune, la joie :
Viens, nous refermerons le ciel de tes aïeux;
Des superstitions tu fus longtemps la proie :
Sois heureux ici-bas sans compter sur les cieux! »

Va, paysan, suis-les! Pareil à l'humble bête
Liée au joug, sans prier Dieu, sème ton grain!
Et meurs de désespoir, pendant que sur ta tête
Pèsera, sombre et froid, le firmament d'airain.

A Théodore Botrel

La renommée avait pris ton nom sur ses ailes,
O Barde de l'Armor, et nous l'avait jeté!
Puis un jour, sous nos cieux, comme un vol d'hirondelles,
Nous voyions se poser tes strophes immortelles;
Mais t'accueillir toi-même en notre humble Comté,

Nul n'osait y prétendre, ô fils de la Bretagne!
Nul n'osait... et, pourtant, les voilà tous les deux!
Vivat! Le grand Botrel et sa douce compagne
Ont visité les fils de la Franche-Montagne :
Comtois, saluons-les de nos vivats joyeux!

Car pour nous, en ces jours où le ciel s'enténèbre,
Où, sinistre, la nuit du mal va s'épaissir,
Vous êtes l'aube blanche à l'horizon funèbre :
Ce que ton cœur chérit, ce que ta voix célèbre,
Poète, c'est pour nous la vie et l'avenir!

Au progrès ce n'est pas toi qui dis anathème :
Ton hymne à la science on l'acclamait hier!
Mais de demain qui donc résoudra le problème,
Si l'humanité rampe, ici-bas, triste et blême,
Vers une nuit sans jour par un chemin sans air?

Au corps il faut du pain, à l'âme une croyance :
Tu l'as dit, ô poète, et nous applaudissons!
Oui, tous ceux qui voudraient débaptiser la France,
Tous ceux qui dans la foi vont tuant l'espérance,
Impie ou corrupteur, oui, nous les maudissons!

Oui, nous les maudissons, ces briseurs de calvaires,
Ces prêcheurs de néant, ces ouvriers d'enfer,
Ces destructeurs de tout ce qu'ont aimé nos pères,
Et nous applaudissons quand tes rudes colères
Leur soufflettent la face avec un gant de fer!

Et comme tes Bretons à la fière énergie,
Contre tout, malgré tout, nous voulons garder Dieu,
N'eussions-nous pour prier, aux jours de l'anarchie,
Quand la flamme et le sang confondront leur orgie,
Que les étoiles d'or au plafond du ciel bleu!

Nous voulons comme toi conserver notre terre :
Bons chrétiens, nous voulons demeurer bons Français!
Qu'on vienne de la Prusse ou bien de l'Angleterre,
Loups bretons, loups comtois, du Doubs au Finistère,
Du vieux pays aimé nous défendrons l'accès.

Lorsque tu veux monter à ces thèmes sublimes,
Tu n'as point à gravir les flancs du mont sacré :
Les muses, ô Botrel, descendent de leurs cimes
Pour nouer le collier des strophes et des rimes
Au cou du peuple enfant par toi-même inspiré;

Et quand, enveloppés de musique ingénue,
Qui suscite le rêve ou fait sourdre les pleurs,
Tes vers vont pétrissant la réalité nue,
Pour en faire jaillir la poésie émue,
Comme juin sur la lande épanouit les fleurs;

Quand tu dis la naïve et pieuse légende,
La promesse à saint Yve, ou bien la cloche d'Ys,
Et les Petits Graviers, et les Pêcheurs d'Islande,
Et la faulx de l'Ankou qui rôde par la lande,
Et le Petit Grégoire entrant au Paradis;

Les blés-nâs, les ajoncs, les semeurs, la charrue,
La grand'maman Fanchon, le dodo du p'tit gars,
Les frais vergers, la barque au lointain disparue,
La Paimpolaise aux yeux d'azur, la mer bourrue,
Et l'épouse dolente en qui sonne le glas;

Il nous semble, ô Botrel, que l'âme populaire
S'incarne dans ton âme et chante par ta voix;
Et nous sentons combien ta langue alerte et claire,
Douce et ferme, vibrante et chaude, doit lui plaire,
Tellement elle est simple et profonde à la fois!

Et c'est pourquoi le ciel te réserve de vivre,
Poète, aussi longtemps que l'homme chantera :
Quand l'anarchie aura brûlé le dernier livre,
L'humble et joyeux refrain dont le peuple s'enivre
Dans l'âme des derniers pâtres murmurera!

DANS LA FRAÎCHEUR DES SOURCES

Le Rêve de l'Artiste

L'ombre aux angles des murs plonge mystérieuse;
Les magiques couleurs s'éteignent dans le soir;
A l'Occident s'endort la lumière rieuse;
Et de la lune aux cieux s'élève l'encensoir;

Puis, doucement, d'en haut glisse un rayon d'opale
Sur la toile où les saints, d'extase radieux,
Dans le royal fond d'or que l'ombre fait plus pâle,
Vont ensevelissant leurs tons mélodieux.

Soudain, auréolé d'une splendeur de rêve,
Un visage s'esquisse en l'atelier obscur :
Le front céleste, aux traits encor vagues, s'achève
Et sort du tableau comme un astre de l'azur.

Il a les tons si doux et la blancheur des cierges,
Il porte les fiertés augustes des martyrs;
La majesté s'y mêle à la candeur des vierges,
Et l'éclat des vertus au feu des repentirs.

Quel pinceau t'a créée, ô divine figure?
Merveilleuse beauté, faite de cent rayons,
Ephèbe, ou jeune fille, ou céleste nature?
Dis, n'es-tu que l'enfant de nos illusions?

N'est-ce pas toi plutôt qui vis le Patriarche
Converser avec Dieu dans les feux du matin?
N'accompagnais-tu pas les Prophètes en marche,
Quand ils cherchaient le Christ à l'horizon lointain?

Comment t'appelles-tu? Cécile? Agnès? Blandine?
As-tu fleuri parmi les lis, ô chaste enfant?
Es-tu martyr, mon frère? En la blancheur divine
De ta chair la pourpre a mis son sceau triomphant.

Mais d'un éclat nouveau la vision rayonne :
Elle approche et sourit. A genoux prosterné,
L'artiste à son bonheur immense s'abandonne,
Pendant que de la main céleste une couronne
Tombe immortelle et ceint son front illuminé.

Mères adoptives

Tandis qu'il peine à l'atelier,
Elle est toute seule au foyer,
L'humble femme de l'ouvrier;

Sur sa pauvre âme inassouvie,
Que guette au passage l'envie,
Bien lourde, hélas! pèse la vie :

Au souffle des airs attiédis,
Oiseaux et fleurs en paradis
Changent là-bas les parcs maudits;

Elle entend, loin des valetailles,
Rire aux éclats, dans leurs batailles,
Les frais enfants aux fines tailles.

Eux, les pauvres, n'ont à choisir
Qu'entre de longs jours sans loisirs
Et de courts repos sans plaisirs.

Leurs petits que rien ne délasse
Errent de la rue à la classe,
Loin de la mère triste et lasse :

Pendant qu'elle travaillera
Du regard qui donc les suivra?
Leur âme, qui la gardera?

Cette angoisse est la plus amère;
Mais calmez-vous, ô pauvre mère!
De l'âme qui vous est si chère

De nobles cœurs se sont épris,
Et, sous l'œil du Bon Dieu, vos fils
Auront des jeux et des abris :

Des femmes que le sort caresse,
Pour vous tressaillent de tendresse,
En songeant à votre détresse;

Et pour que tous vos chers enfants,
Quand du foyer ils sont absents,
Restent joyeux, purs, innocents,

D'autres mères qu'à leur jeune âge
L'amitié de Jésus ménage,
Leur font cadeau du Patronage!

Divines Semailles

Quand l'année expirante effeuille sa couronne
Et jette aux vents du ciel le trésor de ses fruits,
Lorsque, faisant craquer le mur qui l'environne,
La graine met dans l'air de mystérieux bruits;
Alors, avant le jour du long pélerinage,
Fouillant la mousse blonde et les pâles roseaux,
De la baie égarée et du fruit qui surnage
Se saisissent au vol nos chers petits oiseaux.
Pourtant, là-haut, captif au creux d'un roc sauvage,
L'humble terreau languit dans l'infécondité,
Et, là-bas, un étang au stérile rivage
Du visage des fleurs ignore la beauté :
Petits oiseaux, venez, volez à l'aventure
Et dans les lieux déserts semez, petits oiseaux :
La pierre étalera l'an prochain sa parure;
Des fleurs consoleront le veuvage des eaux.
Enfants, l'hiver descend sur l'horizon de France :
Le grand arbre chrétien jette encor ses fruits d'or;
Mais, reniant sa charité, son espérance,
Dans l'ignorance froide un fier peuple s'endort :
C'est l'hiver dans le sol, au cœur la léthargie;
Le lumineux printemps, hélas! reviendra-t-il?
Pourquoi pas, mes enfants, si la même énergie
Gonfle la même écorce aux prochains jours d'Avril?

Mais ce n'est point assez que l'arbre catholique
Sous le grand ciel d'azur tende ses rameaux verts,
Si l'homme loin de lui passe impur et sceptique,
Les yeux clos, le front bas, dans ses vastes déserts.
Le sol est pauvre et nu, mais la graine est féconde :
L'Eglise vous la verse : ouvrez, ouvrez les mains ;
Puis, sans retard, partez, semez, Dieu vous seconde :
Enfants, préparez-nous de consolants demains !
Que craindriez-vous donc? Les haillons? Les ténèbres?
Le Christ aux lambris d'or préfère les taudis :
Suivez-Le, mes enfants, aux ruines funèbres,
Aux foyers où vos noms peut-être sont maudits,
Et pour l'avril prochain semez le Paradis !

La Mort d'Hélène

Le docteur a dit vrai : la fillette est perdue;
Une crise de toux peut l'emporter soudain.
Comme le dortoir est morne, on l'a descendue
A Sainte Anne, chambrette en face du jardin.
Elle entendra de là ses compagnes rieuses,
Du soleil de septembre aura les doux rayons,
Aux fenêtres, dans leurs courses capricieuses,
Verra sur le ciel bleu passer les papillons;
Et surtout, bien souvent à ses bonnes maîtresses
Pourra montrer encor son sourire pâli;
Appellera de ses petits bras leurs caresses
Et les fera se pencher sur son petit lit.
Son petit lit? Il est propre et blanc comme neige,
Les Sœurs en ont fermé les bords bien chaudement :
« Mignonne, moins qu'hier la fièvre vous assiège,
Dans votre nid moelleux sommeillez un moment :
Sur la table voilà votre livre d'images,
Les jouets, les bonbons; vite, dormez un peu. »
Elle s'endort. Là-bas faisant de gais ramages
Les enfants dans la cour s'abandonnent au jeu.
L'ange qui les yeux clos dans l'humble lit repose,
Le front pur encadré d'un flot de cheveux blonds,
Et dont la joue au teint si blanc, flammé de rose,
Porte d'un mal affreux les précoces sillons,

C'est la petite Hélène, onze ans, une orpheline;
Son œil ne connut point les auteurs de ses jours :
Le chaste front voilé qui sur son front s'incline,
Voilà sa seule mère et ses seules amours.
Oh! sous la coiffe blanche et sous la lourde bure,
Sous le Crucifix noir tout près du cœur planté,
Au fond de vos regards à la flamme si pure,
Vierges, pour ces enfants quelle exquise bonté!
Que vous font des méchants les paroles amères?
Je sais votre héroïsme et leur iniquité;
Vous portez à tous ceux qui souffrent, douces mères,
Votre cœur agrandi par la virginité.
Hélène est éveillée et je vous vois encore,
Près de l'enfant chétive approchant tour à tour,
Avec une vertu sublime qui s'ignore,
Autour du petit lit vous répandre en amour.
La toux est revenue et sa rauque secousse
Faisant monter les pleurs aux yeux chargés d'émoi :
« Chère Sœur! » « Mon enfant, dit d'une voix bien douce,
La Sœur, appuyez-vous, serrez-vous contre moi....
Pour vous le Paradis va s'ouvrir tout à l'heure! »
« Le Paradis... oh! oui! quel bonheur! » dit l'enfant....
Et, soudain, sur le sein de la vierge qui pleure,
Elle expire. Le ciel s'est ouvert triomphant.

Agni nuptiæ

Quand pour être à Vous, Vous m'avez choisie,
Oubliant, Seigneur, mon indignité,
Vos mains sur mon cœur versaient l'ambroisie;
J'allais dans la joie et dans la beauté;

Puis, de pitié sainte et d'amour saisie,
Par Vous angélique en maternité,
De mes jeunes ans j'offrais la clarté
Aux corps douloureux, aux âmes transies.

Que j'ai vu couler de sang et de pleurs
Sur la pauvre terre où l'homme se traîne,
Portant son fardeau de longues douleurs!

Mais vos mains, dressant la Croix souveraine
Sur la voie où vont nos âmes sereines,
Jonchaient nos sentiers de divines fleurs.

Marie-Joséphine Lapointe

Elle songe, pendant que la douleur la broie,
A ces jours récents où les cieux s'étaient ouverts,
Où la mort frémissante avait lâché sa proie,
Où Dieu changeait en flots d'inénarrable joie
Tant de tourments déjà soufferts.

Dans les wagons bondés c'était l'ardente foule,
La prière enflammée et les cantiques saints;
Un soir, les pics neigeux d'où le Gave s'écoule;
Puis le val que depuis plus de quarante ans foule
Le pied sacré des pèlerins.

Et pendant qu'au dehors palpitent les lumières
Et qu'au pied de la Grotte où Marie apparut,
Les fidèles, courbés sous le vent des prières,
Contre la maladie aux serres meurtrières
Du ciel implorent le salut;

Mourante on la conduit dans l'ombre des piscines;
On la plonge mourante au sein du flot glacé;
Et deux fois de ce corps dont croulent les ruines,
Sur l'ordre souverain des puissances divines,
Deux fois fuit le mal terrassé.

Deux fois, c'est le miracle et la sublime ivresse
Dont Dieu, quand il paraît, fait tressaillir les cœurs;
Deux fois la gratitude ardente et la tendresse
Du peuple monte aux cieux sur l'aile enchanteresse
Des hymnes aux refrains vainqueurs.

La sombre douleur, comme un rêve, était enfuie;
Un nouveau jour brillait à l'horizon joyeux;
Et les *Magnificat*, dans son âme ravie,
Chantaient, divins oiseaux, leur cantique à la vie
Sous l'azur sans ombre des cieux.

« Hier, cette fête! Et déjà la nuit retombe!
« Disait-elle, et déjà mon cœur va se glacer!
« Pourquoi la guérison si proche de la tombe?
« Faut-il rendre l'espace et l'air à la colombe
« Quand le noir vautour va passer?

« Pourquoi la force hier? Aujourd'hui l'agonie?
« Sauver la barque et puis la perdre sur l'écueil!
« Hier, faire éclater la Puissance infinie,
« Puis anéantissant soudain l'œuvre bénie,
« Aujourd'hui rouvrir le cercueil!

« Mais, pour me plaindre ainsi, Seigneur mon Dieu, qui suis-je?
« A mon humble néant dois-je Vous mesurer?
« Si votre amour a fait pour moi double prodige,
« Après, je maudirais les douleurs qu'Il exige
« Pour me grandir et m'épurer!

« Vous avez ordonné, mon Dieu, sur le Calvaire,
« Que de tous nos péchés votre Fils fût puni;
« Et pour moi Vous seriez aujourd'hui trop sévère!
« Non, votre volonté, Seigneur, je la révère :
« Que votre saint Nom soit béni! »

Alors des profondeurs noires de la souffrance
Une voix s'élevait, douce comme le miel :
« Que ton cœur, pauvre enfant, tressaille d'espérance !
L'ombre va fuir et l'aube de ta délivrance
Illumine déjà le ciel.

Vois, dans les purs rayons de la céleste aurore,
Notre-Dame incliner vers toi son front charmant.
Encor quelques instants du mal qui te dévore,
Et Dieu t'apparaîtra; mais Il veut mettre encore
A ta couronne un diamant. »

Et pendant que du corps secouant les entraves,
L'âme aux appels du Maître essayait d'accourir,
Pendant que le regard dans les orbites caves
Brillait, transfigurant le visage aux traits hâves,
Joséphine disait : « Oh ! qu'il fait bon mourir ! »

La Souffrance

La souffrance! Quel sombre et solennel mystère
Emplit ce mot et fait pâlir le genre humain!
Est-elle détestable? Est-elle salutaire?
J'ignore, mais elle est toujours sur mon chemin.
L'enfant qui naît et le vieillard à l'agonie,
La mère en deuil, le père incliné sur son champ,
Le cœur qui veut s'épandre en tendresse infinie,
Le cœur étroit que la bonté laisse méchant;
Le paquebot jeté sur l'écueil par l'orage,
Les nids brisés quand sourit le printemps en fleurs,
L'aviateur faisant un glorieux naufrage,
Tout relève ici-bas de ton sceptre, ô douleur!
Qui donc es-tu? Jadis, méprisant ton étreinte,
Un stoïque disait : « Non, tu n'es pas un mal »,
Mais, brisant à ton tour l'héroïque contrainte,
Tu forces à gémir et l'homme et l'animal :
Si tu viens de par Dieu, qui donc es-tu, maîtresse?
Siècles, peuples, tu courbes tout comme un fétu :
Non, non, ton fruit n'est pas la stérile détresse;
Dieu ne l'eût pas permis; mais dis, qui donc es-tu?

O vision! Les cieux s'ouvrent et de son trône,
Pour t'épouser, descend le Fils du Roi des rois :
C'est de ta main qu'Il veut recevoir sa couronne,
Et c'est ta main qui le fixera sur sa Croix!
Entendez-vous le magnifique épithalame :

« Mort, je serai ta mort! » Et c'est de toi, douleur,
Sur terre et dans les cieux, que va jaillir à l'âme
Du chrétien, le plus pur et le plus sûr bonheur!
Je vois, perle sublime au royal diadème
Dont Dieu fait resplendir le front de tous les saints,
La douleur faire au monde un mystique baptême
Et du ciel dans nos cœurs combler les hauts desseins;
Et j'entends les transports que de son âme éprise,
Eperdument pour Lui amoureux de souffrir,
Faisaient monter vers le Sauveur François d'Assise,
François-Xavier, Thérèse : « Ou souffrir, ou mourir! »
Oui c'est un cri de pure et de constante joie
Qu'ont exhalé des profondeurs vives du cœur
Tous ceux qui, s'engageant dans l'héroïque voie
Du sacrifice, y sont allés d'un pas vainqueur.
C'est pourquoi dans ton flanc, sainte Eglise, la lance
Qui perça le Sauveur, s'enfonce tous les jours,
Et tes plus pures voix célèbrent la souffrance,
Comme un cœur très ardent ses plus pures amours;
C'est pourquoi dans ces jours où d'infernales haines,
Contre ton nom, contre tes droits, contre tes fils,
Tissent la calomnie et fabriquent des chaînes,
Nous nous levons joyeux, armés du Crucifix,
Et, confiants en Dieu, devant le Chef auguste
Qui représente ici le Christ persécuté,
Nous nous écrions tous : « Il est bon, il est juste
Que l'éternelle erreur t'outrage, ô Vérité! »
Nous te bénissons donc, ô divine Souffrance,
Mais c'est trop peu, comme Jésus nous te voulons!
Mère auguste de paix, de joie et d'espérance,
Jette encor ta semence en nos humains sillons!
Nous que les passions promènent sur leurs claies,
Et que des saints efforts épouvante le poids,
O Christ, pour nous sauver, des hauteurs de ta Croix,
Fais couler en nos cœurs l'or pur de tes cinq plaies!

A Sainte Cécile

Elle a bravé du bain les vapeurs meurtrières,
La hache du bourreau, la fureur du tyran;
Depuis trois jours le ciel se penche à ses prières
Et pour la recevoir les saints ouvrent leurs rangs.

Gloire à la sublime martyre!
Exaltez-la tous à la fois :
Anges de Dieu, sur votre lyre,
Et vous, pleins d'un pieux délire,
Chrétiens, ses frères, de vos voix!

Sa tête qu'elle incline a des pâleurs d'ivoire,
Et par le cou sanglant la mort pénètre au cœur :
Elle expire, et les cieux l'enveloppent de gloire,
Et les anges ravis la mènent au Seigneur.

Sitôt qu'environné de splendeurs infinies,
Son front luit comme un astre aux célestes parvis,
Cécile, présidant aux saintes harmonies,
Fait planer l'Idéal sur les mortels ravis.

O Cécile, du sein de nos tristes vallées,
Nous contemplons émus ton triomphe touchant;
Ta vue a fait vibrer nos âmes consolées,
Et du fond de nos cœurs montent nos joyeux chants.

Fais tourner ici-bas nos voix, douce Patronne,
A l'honneur éternel du Seigneur que tu sers;
Et puissions-nous, aux pieds de ton auguste trône,
Tous prendre part un jour aux célestes concerts.

LE PAYS NATAL

Jeanne libératrice [1]

I

La France s'endormait, lourde de léthargie,
Et, par mille poisons lui versant le sommeil,
Sûre d'anéantir enfin son énergie,
La pieuvre aspirait son noble sang vermeil;

Pourtant comme une main, vivante encor, soulève
Le linceul sur un front qui n'était qu'endormi,
Elle a vu, dans la nuit, surgir un divin rêve
Et son cœur a frémi!

La voyez-vous, Jeanne d'Arc, la sainte Pucelle,
Quand, sous les coups de l'Anglais, la France chancelle,
Des saints foyers raviver l'ardente étincelle,
Et disperser l'ennemi, douce jouvencelle!

Car le ciel s'est ouvert sur la blanche épopée,
Et l'Archange a remis sa flamboyante épée
A l'Enfant au cœur droit, que Dieu lui-même inspire,
La France acclame et croit, rompt sa chaîne et respire;
Elle a sauvé sa liberté, sa foi!

1. Musique de *Le Rêve passe*.

Domrémy ! Orléans !
Et Compiègne, et Rouen !

Acclamons tous, sauvant la France qui chancelle,
Acclamons tous l'angélique Pucelle !

II

Le rêve s'est enfui sous l'horizon plus sombre
Et la réalité vient mordre au fond du cœur ;
L'enfer a triomphé : la foi vacille et sombre ;
Le doute universel sourit d'un air moqueur :

Rosaces et fleurons des vieilles cathédrales,
Légendes d'or, beaux saints, blancs archanges des cieux :
Ils s'en vont loin, bien loin, dans les nuits sépulcrales
Les passés radieux !

Grande pitié se répand sous le ciel de France ;
Votre amitié n'a donc pu nous sauver, mon Dieu ?
Mais nous voulons espérer contre l'espérance
Et toujours croire, à travers l'orage, au ciel bleu !

Un vent mystérieux a dispersé la nue
Et dans un nimbe d'or la Pucelle apparue
Sourit et nous appelle : « Enfants, Dieu ne meurt pas !
Suivez-moi, nous dit-elle, à de nouveaux combats,
Le Christ fera triompher ses soldats ! »

Ecoutez, regardez !
O ma France ! Espérance !

Elle s'éveille, et se dresse, et son front rayonne,
Tandis que Dieu, sainte Jeanne, au ciel te couronne !

A la Bienheureuse
Jeanne-Antide Thouret

O Sainte de Franche-Comté,
Jeanne-Antide Thouret, ô notre Bienheureuse !
Du sein de votre apothéose glorieuse,
Regardez-nous avec bonté;
De vos filles voyez la couronne pieuse,
Et des chrétiens émus le cortège enchanté
Qui célèbre aujourd'hui vos vertus généreuses.
Les ténèbres sont loin, bien loin sont les douleurs :
La fumée de l'abîme, ô noir Quatre-vingt-treize,
S'est changée en buée éclatante, et les fleurs
Divines nous sourient : Jeanne-Antide et Thérèse,
Et Bernadette, et les martyrs,
Et les religieux, et les missionnaires !
Persécuteurs, vos fils sont pris de repentirs
Qui feront tressaillir couvents et séminaires.
Au démon, le bon Dieu reprend ses centenaires.

L'espoir en aube ardente monte à l'Orient :
Et si le noir nuage au loin s'étend encore,
Plus d'un royal sommet qui baigne dans l'aurore
Sur les sombres lointains met son reflet brillant.

Vous-même avez, ô sainte Jeanne-Antide,
Suivi les durs chemins dans l'horreur de la nuit;
Mais l'espérance en vous chantait, et l'ombre a fui,
Et comme un clair soleil, dans le matin splendide,
Votre grand nom s'élève et luit!
Et l'Orient mystique, et la douce Italie,
La France notre Mère, et le pays Comtois,
Tous les cœurs et toutes les voix,
Bienheureuse Jeanne-Antide Thouret, publient
Vos victoires dans les surnaturels tournois.

Maintenant, douce Mère, achevez votre ouvrage :
Eclairez, protégez, conduisez vos enfants;
Soulevez les espoirs, animez les courages;
Faites trembler l'enfer trop longtemps triomphant.

Le cœur vibrant, les yeux en haut, toutes vos Filles
Attendent le signal des célestes moissons :
Mère, protégez-les, pendant que leurs faucilles
Coucheront les blés d'or qui barrent l'horizon.

De Besançon surtout gardez l'antique Eglise,
Aidez-nous de la lutte à gagner les enjeux :
Nos frères étouffant sous l'infernale emprise,
Et pour qui sont tombés Ferréol et Ferjeux.

Au Roi de Gloire

Sans or, sans amis, sans gîte,
Il va naître dans la nuit,
Loin des riches et du bruit,
Aux lieux où l'ânon s'abrite;
Et pourtant de sa main sur l'Univers frivole
Tombent les diamants, les perles et les ors :
Méprisons donc, chrétiens, tout faux bien qui s'envole.
A vous nos trésors
Et nos aumônes, ô Jésus!
Donnez-nous en retour les chrétiennes vertus.

Le monde entier le dédaigne,
Petit poupon miséreux :
Au cœur seul des malheureux
Il établira son règne;
Et pourtant de sa main qui couronne les anges
Sont descendus vos noms, rois, maîtres et seigneurs!
Chrétiens, offrons-Lui donc les suprêmes louanges.
A vous nos honneurs,
A vous nos hymnes, ô Jésus!
Donnez-nous en retour les chrétiennes vertus.

Dans la nuit humide et fraîche
Tremblent vos membres sacrés,
Et peut-être vous pleurez,
Divin Martyr de la Crèche;
Et pourtant votre main sur l'enfance fragile
Sème à profusion caresses et douceurs :
Pour avoir tant souffert, ô Dieu de l'Evangile,
A vous tous nos cœurs,
A vous notre amour, ô Jésus !
Donnez-nous en retour les chrétiennes vertus.

Mais argent, plaisirs, hommages,
Rien ne peut valoir pour vous
Sainte Marie à genoux,
Dans les bergers et les mages :
Les regards et le cœur de votre chaste Mère
Laissent loin derrière eux tous nos biens les plus doux;
Daignez pourtant bénir notre hommage éphémère,
Et recevez-nous,
Avec votre Mère, ô Jésus,
Autour de votre Crèche et parmi vos élus.

O Croix de mon Sauveur

O Croix de mon Sauveur,
Permettez à mon âme ingrate et pécheresse
De revenir, avec repentir et tendresse,
Vous adorer et vous serrer contre son cœur.

Je vous revois, montant vers le lieu du supplice
Sur l'épaule du Christ qui s'abat harassé;
Puis, tenant en vos bras tendus le fiancé
De l'affreuse Mort Rédemptrice.

Sur votre bois sacré je revois son front pâle,
Que des roses de sang ont couronné d'amour,
Ses beaux yeux demi-clos où va mourir le jour,
Sous la nuit qui tombe en rafale.

Je vois le sang jaillir de chaque main clouée
Et tout le corps peser sur les pieds transpercés;
Et la Vierge debout, les yeux en pleurs fixés
Sur la Victime bafouée.

Puis j'entends la clameur suprême aux Cieux funèbres,
Et le grand coup de lance enfoncé jusqu'au cœur;
Et Satan consterné, que Jésus-Christ vainqueur
Refoule au fond de ses ténèbres.

En l'honneur du Bienheureux Théodore Cuenot

Catholiques enfants du Bélieu, son village,
Catholiques venus des pays d'alentour,
Au Bienheureux Cuenot adressons l'humble hommage
De la louange et de l'amour.

Saint Martyr, veillez sur nous,
Priez, priez pour nous.

Le ciel fit au Bélieu l'honneur de sa naissance;
Son enfance innocente en ces lieux s'écoula;
Et nos monts abritaient sa forte adolescence
Quand à Lui le Christ l'appela.

Voisine de ces lieux s'élevait la Retraite
Où, semblant le vouer au mystique repos,
Dieu préparait encor sa grande âme inquiète
Aux apostoliques travaux.

Enfin l'heure a sonné, la carrière est ouverte;
Comme la sainte idée a ravi tout son cœur!
Comme de ces païens qui s'en vont à leur perte
Il brûle d'être le sauveur!

C'est à jamais fini des retours en arrière
A ses yeux le grand but comme un soleil a lui;
Il pénètre en héros dans la sainte carrière
Et nul ne doute plus de lui.

Son zèle ardent ainsi qu'une flamme dévore :
Il enseigne, il baptise, il amène à Jésus;
Et l'Extrême-Orient, chaque nouvelle aurore,
Compte une chrétienté de plus.

Il arrivait hier; voilà huit ans à peine
Qu'humble missionnaire il répand ses efforts,
Et déjà des pasteurs l'onction souveraine
En fait un fort parmi les forts!

Voyez comme il étend chaque jour sa conquête;
Mais ce n'est point assez : dans ce cœur de héros
Plane le divin rêve : un jour mettre sa tête
Sous le couperet des bourreaux.

« La cage et le garrot, le rotin et la cangue,
Les tenailles d'acier dans les muscles rompus,
Quel beau chemin, dit-il en sa virile langue,
Pour s'en aller vers les élus! »

Il tient enfin son rêve : en une étroite cage,
Nouvel *Ecce Homo*, voyez-vous le martyr?
Sur les pas de son Dieu voyez comme il s'engage,
Comme il est heureux de mourir!

Mais le corps épuisé manque aux rêves de l'âme,
Avant le coup fatal elle a fui vers les cieux;
Et tandis que là-haut le Paradis l'acclame
La terre dit ce chant pieux :

Saint Martyr, veillez sur nous;
Priez, priez pour nous.

Le Père Bourgeois

Il écrivait jadis : « Mes amis cette fête,
Le jour où les Chinois m'enlèveront la tête ! »
Ce jour aurait-il lui ? Du côté de la mer
Pas de barque : à Qien-Chan les bourreaux ; mais l'amer
Spectacle que la mort des enfants et des femmes,
Tombés demain peut-être aux mains de ces infâmes !
Pour sauver les chrétiens, les orphelins, les Sœurs,
Il faut donc disputer cette tête aux Boxeurs,
Et renoncer encore à cueillir le martyre.
La nuit tombe ; non loin des flots on se retire,
Aux flancs d'une colline où se dresse une tour ;
De hautes tombes sont éparses alentour :
On occupe la tour avec le cimetière.
Hélas ! la nuit ne s'est pas écoulée entière
Que soldats et bandits les cernent menaçants ;
Et dans moins de trois jours, ils sont là quinze cents.
La fusillade éclate et les canons rugissent ;
Mais de la tour qui s'ébrèche toujours surgissent,
Prêts à couvrir de leur cadavre enfants et Sœurs,
Et visant toujours juste, un ou deux défenseurs.
Du cimetière, les chrétiens, dans la nuit sombre,
Peuvent fuir ; mais là-haut, sans peur contre le nombre,
Et les canons, et la mort, le Père Bourgeois
Abat tout ennemi dont son œil a fait choix ;

Et tandis qu'à ses pieds son catéchiste tombe,
Tandis que trois de ses vierges près d'une tombe
Sont prises — Dieu! quel sort avec de tels bourreaux! —
Tandis que Le Guével, compagnon du héros,
Malade à ses côtés, de faim, de soif, expire;
Bourgeois, bien qu'à mourir comme eux tous il aspire,
Bourgeois, demeuré seul, jusqu'au bout veut lutter,
Et ce mur de bandits, toujours plus l'effriter :
Que sont-ils? Ni la loi, ni même la police!
Ils sont la révolte et le pillage : au supplice
Il marchera joyeux, mais après le combat :
Avant d'être martyr il veut être soldat.
En face de ces loups arrière tout scrupule!
Ils n'auront pas ces billets de banque! Il les brûle.
Et ces piastres? A coups de cailloux il les tord,
Les change en balles et leur fait porter la mort.
Puis plus rien : il prend donc tous les fusils qu'il brise,
Et, sous mille regards figés par la surprise,
A pas lents, froidement, de la tour il descend,
S'assied et fait à Dieu l'offrande de son sang;
Car c'est l'heure d'aller cueillir la récompense;
Peut-être cependant que vivement il pense,
En ce moment suprême, aux femmes, aux enfants,
A ses travaux détruits, aux Boxeurs triomphants,
Couvrant tout de terreur, et de sang, et de flammes;
Et les périls surtout qui menacent les âmes!
C'est pourtant, ô mon Dieu, pour elles qu'autrefois
Laissant là son vieux père et Chapelle-des-Bois,
Le doux et clair village en la sombre verdure,
Il a cherché si loin cette existence dure....
« O Christ!... Mais c'est le ciel que je vois resplendir! »
Deux coups de crosse ont assommé le fier martyr.

Orphée

Entendez-vous rugir les fauves dans les bois?
A peine à l'horizon une lueur sanglante
Eclaire le trépas d'un vieux siècle aux abois :
Notre âme dans la nuit noire passe tremblante.

Entendez-vous rugir les fauves dans les bois?
Science, lois, progrès sont dans toutes les bouches;
Mais ce n'est pas assez d'un refrain de hautbois
Pour calmer des lions les colères farouches.

Entendez-vous rugir les fauves dans les bois?
Du peuple empoisonné l'immense cri de haine
Fait frissonner de peur républiques et rois :
Comment prendre au collet la mer qui se déchaîne?

Entendez-vous rugir les fauves dans les bois?
Mais soudain l'aube brille et la clameur s'apaise :
Le Christ est apparu, la lyre entre les doigts;
Et le peuple lion, prenant la main qu'il baise,
Suit le divin Orphée et sourit à sa voix!

Quis ut Deus

Enfants, autour de vous, tout fléchit, tout s'effrite,
Tout tombe : entendez-vous la lézarde gémir?
Sur l'homme il va crouler, le vieux toit qui l'abrite,
Et Dieu s'enfuit, qui, seul, le poùrrait raffermir.

Depuis plus de cent ans le flot montant des haines,
Sans reculer jamais, en a battu les murs :
Fruits d'un automne noir, brisant leurs vieilles gaînes,
Demain vont éclater les événements mûrs.

Oui, jeunes gens, demain l'Europe, arène immense,
Sous un ciel secoué par des cris de fureur,
D'égorgements sans nombre étalant la démence,
Jusqu'en ses fondements va trembler de terreur.

Eh bien! Pour ce moment de sang et d'épouvante,
Communiants et baptisés, serez-vous prêts?
Vous verra-t-on, le dos baissé, dans la tourmente,
Fuir lamentablement, emportant vos hochets?

Ou bien, géants de foi, de force et d'espérance,
Par dessus l'ouragan, le front dans le ciel bleu,
Déployer sur la tête et le cœur de la France
Ces trois mots tout-puissants: « Qui donc est comme Dieu? »

Déluge

Sous le ciel bas et noir, coupé d'éclairs sans nombre,
L'Océan chevelu monte avec un bruit sourd;
Et posant au rivage un pied subtil et lourd,
Sur l'Europe s'avance, irrésistible et sombre.

Il mugit et déborde à l'estuaire immense;
Des quais d'asphalte il escalade les gradins;
Il couvre les cités, puis, sur les champs lointains,
De ses flots niveleurs promène la démence.

Sur les sommets, autour desquels les eaux bondissent
Et contre un vieux granit épuisent leur effort,
Des hommes au front bas, gardiens d'un coffre-fort,
Aux nuages souffleurs de tempête applaudissent.

Dans leur haine ils avaient forcé d'humbles asiles,
Et dit aux flots : Voyez ces hommes à genoux :
Ils sont à vous; dévorez-les; mais laissez-nous
Vous contempler en paix du sommet de nos îles.

Et les vagues avec d'effroyables huées
Roulent au loin les plis de leurs glauques linceuls,
Et, dans son fort là-haut, le tyran resté seul,
Les voit monter dans les grondements des nuées.

Mais il blémit : dans un éclair craque la nue;
Sur sa tête, à deux pas, une vague est debout;
Elle croule et l'emporte, et des flots, bout à bout,
La houle apparaît seule en l'immense nue.

Des vieux siècles sous l'onde a coulé la momie :
Traditions, contrats, préjugés, masques d'or,
Lits branlants où depuis cinq siècles l'homme dort .
Plus rien. A peine au loin quelque épave vomie.

Puis lorsque bien complète a passé la justice,
Un fantôme se dresse, immense, dans la nuit,
Et les deux bras levés au ciel où rien ne luit :
« Néant, que veux-tu donc encor que j'engloutisse? »

Mais l'horizon s'entr'ouvre ainsi qu'une paupière;
Du farouche Océan le cœur bondit moins fort,
Et des nuages noirs qu'il perce sans effort,
Un rayon calme arrive en sa blonde lumière.

Et tandis qu'étonné de sa haine assouvie,
Le flot s'est endormi sous ce baiser de jour,
Comme à Génézareth, le Soleil de l'Amour,
Jésus, marche sur l'onde et réveille la vie.

Aux saints Exilés

Frères et Sœurs, vous voilà donc de votre France,
Vous, fils de Dieu, chassés par les fils du Maudit :
De tant d'ignominie et de tant de souffrance
Vous vous réjouirez, car Jésus vous l'a dit!

Car vous êtes les purs, ô Frères, et la fange
Fut toujours ici-bas jalouse des rayons :
Prostituée au sol, en haine elle se venge,
Impuissante à couvrir vos glorieux sillons.

Car vous êtes les bons : qu'ils disent donc eux-mêmes,
O Frères, quel plaisir et quel or vous cherchez!
Sur d'ignorants enfants, sur des moribonds blêmes,
Nuit et jour, oublieux de tout, vous vous penchez.

Car vous êtes les doux : eux, les enfants de haine,
Persécutent d'en haut, assassinent d'en bas :
« O mon Dieu, dites-vous en votre âme sereine,
Pardonnez; ce qu'ils font, ils ne le savent pas! »

Car vous êtes les forts : trois cents ans de martyre
Au pied de la Croix sainte ont courbé l'Univers :
Ce soir, en moins de temps qu'il n'en faut pour le dire,
Dieu peut sécher la main qui vous forge des fers.

Car vous êtes les saints, ô Frères, et vos larmes,
Dieu les sertit dans l'or pour couronner vos fronts;
Notre paix, Il la fait de toutes vos alarmes,
Et sa gloire, de tous vos douloureux affronts.

Partez donc, mais avant de quitter votre France,
Frères, vous souvenant que vous êtes ses fils,
Si vous offrez pour Elle à Dieu votre souffrance,
Demain l'enfer fuira devant le Crucifix.

Les Coucous

Les Frères partis, un jour, aux enfants,
Le laïc, d'un ton qu'il voulait aimable,
Disait : mes amis, vous êtes contents ?
Comme à l'avenir nous serons savants !
Or, Paul se levant récita la fable :

Le Rossignol et les Coucous.

Un soir tout près de lui, dans le lit fin et doux
Qu'avait construit sa jeune mère,
Un petit rossignol aperçut les poils roux
Et les gros yeux de deux coucous.
L'envahisseur est d'ordinaire
Solitaire
Il tenait cette fois les trois quarts du logis ;
Et la jeune maman, par son vol et ses cris,
Et la chute triste de l'ombre,
Plongeaient le rossignol dans une terreur sombre ;
Mais l'habitude allège les douleurs ;
Le temps en fuyant prend nos pleurs ;
D'ailleurs, malgré cet air plein de rudesse,
Ils possédaient, nos deux intrus,
Une façon de politesse
Et parlaient volontiers d'amour et de vertus.

Le rossignol pourtant, avec persévérance,
Gardait l'exquise souvenance
Des heures de sa prime enfance;
Et quand il vit que les coucous, grands devenus,
N'avaient plus, en dépit de belles théories,
Qu'un idéal : les goinfreries
Et dans les nids voisins d'atroces barbaries;
Un soir au son de l'*Angelus*
Il quitta ces grossiers repus.
Mai parfumait les bois; la nuit était sans voiles,
Et du fond des grands cieux souriaient les étoiles.
L'oiseau chanta : soudain, tout près, rêveur et clair,
Un autre chant monta dans l'air.
« C'est lui, c'est mon enfant! — C'est ma mère, c'est elle! »
Et la voix filiale et la voix maternelle
Aux mortels attendris versaient le chant divin.

Frères, à notre amour on vous ravit en vain
Nous vous conserverons un souvenir fidèle;
Et tous, oui tous jusqu'au tombeau
Nous redirons le chant si beau
Que nous avons appris de l'Eglise immortelle.

Catéchiste

Un cœur ne bat donc plus, enfant, dans ta poitrine?
Tes yeux n'ont donc rien vu? Tes mains rien caressé?
Pour que, sans un frisson de ta jeune narine,
Loin du printemps en fleur tu coures empressé.

Tu n'entends pas les cris de joie exubérante
Que livrent aux échos tes amis de vingt ans?
Et des plaisirs fiévreux ta pauvre âme ignorante,
Va s'ouvrir, attendrie, à des âmes d'enfants.

Ah! je comprends : Le Christ réjouit ta jeunesse;
Le Christ a sur ton cœur mis son regard divin,
Cher enfant, et, vibrant d'héroïque tendresse,
Tu ne sais plus te prendre au monde vil et vain.

Mais, plus sage cent fois qu'un philosophe habile,
Cent fois plus vertueux que Socrate et Caton,
Tu fais comprendre et suivre à l'enfance débile
Les leçons de Celui qu'avait rêvé Platon.

Courage, ami, pendant que la foule hagarde
Et grossière, se hâte à ses plaisirs malsains,
Catéchise, et, songeant que le Ciel te regarde,
Fais pour demain des purs, des héros et des saints.

Jésus, l'ayant regardé, l'aima

« Mon fils, vous avait dit en ce jour votre mère,
Tu vas partir, mon fils, puis-je compter sur toi ?
Pour mon cœur, cher enfant, quelle souffrance amère,
Si tu perdais là-bas et tes mœurs et ta foi !

Ils sont nombreux, hélas ! ceux qui font la promesse
De demeurer croyants et de demeurer purs,
Et qui tombent.... Seigneur, pitié pour sa jeunesse !
Oh ! préservez mon fils des naufrages futurs ! »

Et la regardant bien jusqu'au fond de son âme :
« Mère aimée, il t'en fait le saint et fier serment !
Il ne sera jamais un impie, un infâme ;
Et je te rendrai pur et chrétien ton enfant. »

Elle pleura d'amour à ce viril langage....
Aujourd'hui de nouveau les pleurs gonflent ses yeux :
Bienheureuse, elle rêve au lointain patronage
Où son enfant sourit à des gamins joyeux.

Cantique de l'A. C. J. F.

Nous voulons être ta jeunesse,
O Toi qui nous a rachetés,
Dieu d'amour et de pureté :
Accepte de nos çœurs l'humble et vive tendresse!
Nous voulons être ta jeunesse,
Dieu de sagesse et de beauté!

Dieu de Lumière! En la nuit sombre
Qui nous presse de tous côtés,
Que jamais notre foi ne sombre,
Mais épande au loin ses clartés!

Dieu de Force! Nos cœurs fragiles
Tremblent dans les combats obscurs :
Qu'au feu sacré de l'Evangile
Nous restions célestes et purs!

Dieu d'Amour! Qu'en ardentes flammes
Notre cœur, embrasé par Toi,
Fasse jaillir dans d'autres âmes
L'amour, l'espérance et la foi!

Première Messe

A prendre la parole ici,
Mon bien cher Victor, je n'ai guère
De titre vaillant que celui
De vous avoir connu naguère
Petit élève au Séminaire;
Depuis lors bien des jours ont fui,
Et si vous pensez qu'aujourd'hui
Le vieux prof. nerveux et sévère
Devient le confrère et l'ami,
Vous me serez très débonnaire;
Peut-être que Pégase aussi,
Se réjouit qu'un pauvre hère,
Parmi tant de gens que voici,
Lui caresse un brin la crinière.
Après ce long préliminaire
Je veux vous dire en raccourci
Notre hommage ardent et sincère :
Ce jour de joie et de lumière
Est sans aucun doute celui
Qui le plus sublime aura lui
Sur votre mortelle carrière.
Le Christ qui vous avait cueilli
Dans le sol d'un jardin béni
Pour vous planter au sanctuaire,
Hier vous a pris tout à Lui.
Dans l'humble fleur du Séminaire

Voici le prêtre épanoui :
Soyez heureux, père chéri,
Soyez heureuse, tendre mère!
Et vous tous dont le cœur ami
Pour le doux héros d'aujourd'hui
Répand ses vœux et sa prière!
Certes, c'est une vie austère
Qui s'ouvre à ses vingt ans ravis;
Demain nous cache un lourd mystère :
Sur les horizons obscurcis,
On entend gronder le tonnerre;
Parmi les vagues en colère
Le Christ Jésus s'est endormi;
Nous n'espérons plus qu'à demi.
Mais *sursum!* Le canot de Pierre,
Tout le passé bien haut le dit,
Ne craint ni les flots ni la nuit;
Et sous la divine paupière
Le divin regard toujours luit.
Le charpentier fait votre bière,
Tyrans d'hier et d'aujourd'hui.
Donc, amis, que votre âme espère :
Quand on a le Bon Dieu pour Père,
Quand on a son bras pour appui,
L'âme est toujours dans la lumière,
Le cœur toujours épanoui.
Vive le Christ, le divin Frère!
Vive l'Eglise, notre Mère!
Vive vous, notre cher ami.
Ayez des jours saints et prospères!
Avec moi, bons chrétiens d'ici,
Toujours vaillants, et vous, confrères,
Elevez ensemble vos verres
Et jetez ensemble ce cri :
Vivat!

Madeleine Pêcheur

Elles sont loin déjà les longues plaines vertes
Où la Hollande dort au pied de ses moulins;
Mais par dessus les mers de mystères couvertes,
Le cœur de Madeleine, aux ailes grand ouvertes,
Pieusement s'envole à ses chers orphelins.

Une autre image, encor plus émouvante, émerge
Dans ce cœur attendri par le récent adieu :
Elle revoit là-bas les Filles de la Vierge
Et le cloître où demain son âme, comme un cierge,
Viendra se consumer au service de Dieu.

Mais où va-t-elle donc? Là-bas, à Ruremonde,
On lui faisait un nid de maternel amour;
Elle y coulait en Dieu sa jeunesse féconde;
Loin de l'affreux fléau qui saccage le monde,
Du suprême holocauste elle attendait le jour.

Où donc, où donc fuit-elle? Au fond de la nuit sombre,
Par delà cette mer dont les plis ténébreux
Roulent sournoisement des embûches sans nombre,
Elle voit un vallon, plein de soleil et d'ombre,
Et son âme, en émoi, murmure : « Rasureux! »

« O France! O monts si doux! O famille chérie!
O mon père et mon frère! O ma mère et mes sœurs!
O coin le plus aimé de ma grande patrie,
En ces jours affolants de haine et de tuerie,
Vais-je de vos jours purs retrouver les douceurs?

Mais cette joie, au ciel mes mains l'avaient offerte :
J'y renonçais, pour que mon frère chaque jour
Eût d'un saint bouclier la poitrine couverte!
Et voilà qu'à mon cœur l'espérance est rouverte;
Car le Bon Dieu Lui-même a voulu mon retour.

Après cinq ans d'exil, ô mon cœur, cette fête!
Mais si, pour terminer tant d'horribles combats,
Pour la pleine victoire et pour la paix parfaite,
Dieu demandait?... Oh! que sa Volonté soit faite!
Je suis entre ses mains, je n'en sortirai pas! »

Vous pouvez donc, Seigneur, approcher le calice,
Dresser la croix, ouvrir le ciel, c'est le moment!
Elle est prête! Ils sont prêts, l'enfer et sa malice!
Ecoutez : on n'entend que le bruit de l'hélice
Dans le lourd clapotis des eaux en mouvement.

L'onde frémit... un choc : les lumières s'éteignent....
Un murmure d'angoisse et de viriles voix....
Un drame s'accomplit que les ténèbres baignent :
L'héroïsme et la mort, invisibles, s'étreignent....
Puis un éclair!... Le ciel a remplacé la croix!

Dès qu'elle a resplendi, vivante, sur la nue,
Tous nos petits soldats, qui se penchent des cieux,
Pour aider ceux qui vont mourir, l'ont reconnue :
Leur immortel bonheur s'exalte à sa venue;
Ils l'entraînent sous les portiques glorieux!

O bonheur! O triomphe! Elles l'ont entourée,
Sainte Cécile, et Sainte Agnès, et Sainte Foy,
Et de tant d'autres Sœurs la phalange sacrée!
La voici, la voici dans le bel Empyrée :
Tout le ciel applaudit sa vaillance et sa foi.

Sainte Enfant, nous aussi chantons votre victoire;
Au grand Dieu qui vous prit nous nous offrons par vous,
Prenez-nous en pitié du sein de votre gloire
Et de votre vertu laissez-nous la mémoire,
Pour nous mieux attirer au divin rendez-vous!

Joseph et Alexis

Vous qui les aimiez, ne les pleurez pas :
Nul bonheur ne vaut leur noble trépas;
Car tant d'héroïsme, et tant de souffrance,
Ce fut pour le Christ, ce fut pour la France.
Lorsque sous les plis du même étendard,
L'un près de la Meuse, et l'autre au Wardar,
Joseph, Alexis, donnèrent leurs vies,
Leurs âmes en Dieu dans le ciel ravies,
Après la douceur du premier baiser,
Sur le vieux foyer ont dû reposer
Un fervent regard et dire à leur mère :
« Oh! n'ayez, maman, plus de peine amère :
Chacun de vos fils, Dieu l'a fait pour Lui;
Puisqu'à deux d'entre eux le beau ciel a lui,
Que votre grand cœur ne soit point contraire
Aux décrets d'en-haut. Sur leur jeune frère
Tous deux veilleront. Ne les pleurez plus :
Ils sont des martyrs, ils sont des élus! »

René et Clovis

Autrèche en Soissonnais, Sainte-Marie-aux-Mines!
Deux noms chers et cruels à nos cœurs éplorés :
Parmi quels flots de sang et dans quelles ruines,
O Mort, as-tu baisé leurs fronts décolorés?

Ils étaient quatre, avec des cœurs de haute taille,
Quatre, partis pour accomplir le grand devoir,
Tous quatre souriant aux prochaines batailles
Et jetant tout leur cœur dans un tendre au revoir.

La Mère, en parlant d'eux, me disait, attendrie :
« Jeanne d'Arc veillera sur eux, ils l'aimaient tant! »
Jeanne d'Arc fut brûlée, hélas! pour la Patrie :
Vers Dieu l'un d'eux peut s'en aller en combattant.

Le vingt-quatre août René se battait en Alsace :
« Je suis touché », dit-il en regardant sa main,
Puis, soudain, il s'affaisse : hélas! la mort repasse,
Frappant au cœur; et le combat va son chemin.

Il repose là-bas dans la gorge alsacienne,
Et des bruits de victoire apportés par le vent
Avec vos voix, ô Mère, ô Charlotte, ô Lucienne,
Viennent chanter au cœur d'un mort toujours vivant.

Vingt-quatre jours plus tard, aux carrières d'Autrèche,
L'aîné tombe. Un ami recueille ses propos,
Puis il meurt et, tout près de la sanglante brèche
Faite au bloc des Teutons, il prend son grand repos.

Quelle fut sa sublime et dernière parole,
Le saura-t-on plus tard? Et vous, doux souvenir,
Cheveux, humbles carnets qui nous disent leur rôle,
Médailles, chapelets, pourrez-vous revenir?

Qu'importe? Car leur âme, immolée à la France,
Invisible, tressaille et chante à vos côtés,
O Mère, et pour calmer votre immense souffrance,
Dieu vous révèle aux cieux leurs vivantes beautés.

Souvenez-vous : quand ils partaient vers la frontière,
Le plus jeune disait à sa sœur : « Ne crains rien,
Lucienne, si l'on meurt, tu sauras que tes frères,
Sont morts en bons Français ainsi qu'en bons chrétiens. »

Deux sont morts : il en reste encor deux pour se battre,
Albert depuis deux mois, lutte comme un lion;
Et Clément à sa mère, au nom de tous les quatre,
Dit chaque jour : « Vaillance et Résignation. »

Espoir, ô France ! Pour qu'enfin à sa tanière
S'enfuie un ennemi puissant et forcené,
Tandis que de nos cœurs s'élance la prière,
Des milliers de Français, rangés sous ta bannière,
Sauront mourir comme Clovis, comme René !

Pourquoi restez-vous sourd, Seigneur ?

Pourquoi restez-vous sourd, Seigneur, à nos prières ?
Et ne daignez-vous pas terminer nos malheurs ?
Pourquoi toujours, mon Dieu, tant d'horreurs meurtrières ?
Tant de haine et de sang, tant d'angoisse et de pleurs ?

Nous croyons en votre Présence,
Hier, maintenant et toujours ;
Nous adorons votre Puissance ;
Nous espérons en votre Amour ;
Par votre Christ et sa souffrance,
Mon Dieu, pardonnez nos offenses ;
Par votre Christ et sa souffrance,
Ecoutez le cri de la France,
Et venez à notre secours.

L'orgueilleux et l'impie ont dit : « Le ciel est vide ;
Tant de crimes sanglants n'ont point troublé tes dieux.
La force et le hasard arment la mort livide :
Vis, combats, souffre et meurs, sans regarder les Cieux. »

Non, non, quand l'Univers sombrerait dans les flammes,
Puisque nous avons vu les merveilles du jour,
Jamais la nuit, mon Dieu, n'engloutirait nos âmes,
Toujours nous aurions foi dans votre immense Amour.

Mais, Seigneur, venez vite : on a trop de tristesse,
Et sous un ciel trop noir on se prend à douter.
Si nos crimes, ô Père, ont produit nos détresses,
Pardonnez-nous, et puis, daignez nous écouter :

Voici l'Enfant Jésus et la Vierge Marie :
Depuis quinze cents ans ils vous parlent pour nous.
Par leurs Cœurs bien-aimés, notre douce Patrie
Vous donne tout son cœur et vous prie à genoux.

A L'OMBRE DU FOYER CHRÉTIEN

Au Cœur de Jésus, pour la France

Cœur Sacré de Jésus, le cœur de votre France,
En ces jours de douleur se réfugie en Vous :
Vous êtes la Tendresse et la Toute-Puissance;
Nous sommes le péché, mais aussi la souffrance :
Du haut de votre Croix prenez pitié de nous!

Vous nous avez couverts dès le berceau du monde
D'un amour qui confond nos pauvres cœurs mortels;
Mais fuyant le baiser de votre Croix féconde,
Nous avons à la mort élevé des autels.

Quand vous nous rappeliez, toujours un vain fantôme
Faisait vers le néant se hâter notre cœur :
Affamés d'infini, nous suivions un atome,
Et dans la froide nuit nous mourions de langueur.

Et, comme un juste fruit, s'abattait la souffrance,
Le remords et l'angoisse, et la guerre et la faim,
Et nous voyions s'enfuir la divine espérance
D'un bonheur sans mesure au Paradis sans fin.

Regardez, ô mon Dieu, notre immense misère,
Nos haines et nos pleurs, notre sang et nos morts;
Et ne repoussez plus la tremblante prière
De notre repentir et de notre remords.

Vous nourrirez, Seigneur, du suc de l'Evangile
Ce cœur qui se relève et tombe tour à tour;
Et vous déposerez dans ce vase d'argile
L'inextinguible feu de votre saint Amour!

A Saint Joseph

O vous que Dieu chargea sur cette terre
De Le nourrir et de Le protéger,
Bon saint Joseph, entendez la prière
De votre France, aux jours du grand danger.

Le ciel n'a pas réduit votre puissance;
L'Eglise chante en vous son Protecteur :
Grand Saint, venez au secours de la France,
Soyez son Père et son Libérateur.

Par millions les fils de la Patrie,
Face à la mort au front sont répandus :
Pour eux la France, ô Père, vous supplie;
Préservez-les comme autrefois Jésus.

Epouse et mère, ici, l'âme meurtrie,
Jettent vers Dieu leurs accents éperdus :
Soutenez-les, noble Epoux de Marie,
Comme autrefois la Mère de Jésus.

O saint Joseph, dans les rouges mêlées,
Quand la mitraille, au loin, couche les rangs,
Portez à Dieu les âmes envolées,
Et penchez-vous sur le cœur des mourants.

Ne sont-ils pas fils aînés de l'Eglise,
Ceux qui là-bas versent pour nous leur sang?
Faites qu'enfin leur vaillant effort brise
Et jette au vent le rempart allemand.

Comme autrefois la douce Galilée
Vous accueillit après les jours d'exil,
Qu'enfin la France, et libre, et consolée,
Serre en ses bras ses fils loin du péril.

Les Vainqueurs

Gliscens fert animus promere cantibus Victorum genus optimum.

I

Non, ce n'est pas la rose à l'opulent sourire,
Ce n'est pas l'astre d'or dans les cieux recueillis,
Ni le jeune printemps qui réveille sa lyre,
Ni le couchant de flamme empourprant les taillis;

Ce n'est pas sur un front l'aube de la jeunesse,
Avec le bercement blanc des illusions;
Ni d'un premier amour la fugitive ivresse,
Et le bonheur qui rit sur les bleus horizons;

Ce n'est pas du foyer la douce et chaste étreinte,
Et sous un toit sacré la gerbe d'enfants blonds,
Ni, clôturant des jours d'exil et de contrainte,
Le retour du conscrit aux paternels sillons;

Ce n'est pas la victoire aux glorieux quadriges,
Les bravos, l'or, la pourpre et les fleurs aux chemins,
Ce n'est pas l'éloquence, et l'art, et leurs prodiges,
Et les siècles à l'unisson battant des mains.

Ce n'est pas même, au temple où palpitent les cierges,
Dans le rayonnement d'un mystique décor,
Le regard si profond, si pur des âmes vierges;
Non, ce n'est pas le Beau suprême! Pas encor.

II

Du saint devoir apparaissez, nobles victimes!
La Beauté! C'est en vous qu'elle brille à nos yeux!
La Beauté pure! Apparaissez, soldats sublimes
Que l'effroyable guerre a jetés sur les cimes
Du sacrifice glorieux!

Nos morts chrétiens! Sans cesse exaltons leur mémoire!
Ils sont la fleur divine arrachée à nos cœurs!
Ils sont les lis fleuris dans l'éternelle gloire!
Ils sont les purs joyaux de notre grande Histoire!
Ils sont rois parmi les vainqueurs!

Nos morts appellent tous l'unanime louange;
A tous doivent aller nos mercis et nos chants;
Tous pour nous ont souffert la faim, le froid, la fange,
Innombrable, anonyme et sublime phalange,
Enfants des villes ou des champs!

Oui, tous, donc gloire à tous! A tous gloire immortelle!
Honte aux vivants qui leur infligeraient l'oubli!
Leur mort nous a sauvés et nous vivons par elle :
Gardons pieusement la divine étincelle
Qui de leur martyre a jailli.

Mais nous voulons aussi, parmi la multitude
De ceux dont le trépas devint notre rançon,
Adresser plus d'amour et plus de gratitude
Aux enfants dont la libre et chrétienne attitude
Reste notre grande leçon.

Ils sont nombreux ceux qui, les yeux pleins d'amour chaste,
Dominant de très haut le regret qui les mord,
Savants, fils de la glèbe, enfants de noble caste,
Ont poursuivi le but si saint, si dur, si vaste
De nous racheter par leur mort.

Par le leur ont valu les autres sacrifices;
Le leur les a liés à la divine Croix;
Et l'amour qui montait de leurs libres supplices
Retournait en amour les pesantes justices
Que brandit le Maître des rois.

France, combien tu dois à la mort de tes prêtres,
A la mort des chrétiens, leurs frères et leurs fils!
France, vouée aux coups hypocrites des traîtres,
France, assaillie à coups sauvages par les reîtres,
Et que gardait ton Crucifix!

Qui dira les splendeurs des humbles sanctuaires,
Par chrétienne pudeur restés inviolés,
Où vos cœurs, doux héros, élevant des calvaires,
Sur lesquels vous portaient chaque jour vos prières,
S'étaient tant de fois immolés!

Que toujours en nos cœurs rayonne votre image :
Nous puiserons la force en votre souvenir;
Vous imiter sera notre meilleur hommage;
La France de demain veut être votre ouvrage :
Restez là pour nous soutenir.

Mais nous vous distinguons dans la foule anonyme,
Et nous vous acclamons, enfants ou professeurs,
Dont ici Dieu se fit une pure victime.
Que votre souvenir nous guide et nous anime :
Soyez nos constants protecteurs.

Nous penserons souvent à vos lourdes souffrances,
A vos cuisants regrets du séminaire absent,
Aux longs jours noirs qui pesaient sur vos espérances,
Surtout à l'heure sainte où, pour Dieu, pour la France,
Vous offriez tout votre sang!

Et quand nous sentirons les pesants égoïsmes
Enchaîner notre bras d'innombrables liens,
Votre nom fera fuir la peur et ses sophismes,
Et le divin écho de tous vos héroïsmes
Nous redressera vers le bien.

Maintenant, morts bénis, morts pleurés, morts sublimes,
Tandis que dans nos cœurs résonne votre voix,
Sous vos regards qui nous appellent vers les cimes,
Nous redisons tous à la fois :

III

De l'humaine Beauté, salut, rayon suprême!
Voilà ce que le Ciel fit de plus grand en nous :
Aimer jusqu'à mourir le devoir pour lui-même,
Ployer devant le bien sa vie à deux genoux!

Aussi de quel effroi que notre chair frissonne,
Quel que soit de nos fronts le stigmate maudit,
L'écho de l'infini dans nos âmes résonne,
Lorsque le beau moral à nos yeux resplendit.

Et d'émotion sainte une source secrète
Se fait jour à travers nos cœurs bouleversés :
Le Divin sur notre âme affirme sa conquête,
Et les plus prévenus demeurent terrassés.

C'est pourquoi l'avenir est à vous, les sublimes ;
A vous, les bons, les purs, les sobres, les héros ;
Malgré l'or et les lois aux services des crimes ;
Malgré les repus, les immondes, les bourreaux !

Quand leur nom tombera barbouillé d'infamie,
Le vôtre, bafoué par les persécuteurs,
Sous les cieux apaisés, comme une étoile amie,
Ramènera le peuple ému vers les hauteurs !

Pour les Enfants d'ici qui sont tombés là-bas

Nous venons vous prier, sainte Vierge Marie,
Pour les enfants d'ici qui sont tombés là-bas;
Nous accourons vers Vous, car notre âme est meurtrie :
O Mère, ouvrez le ciel à tous nos chers soldats.

A tous les fils de la paroisse,
Tombés là-bas au champ d'honneur,
Pour que la France vive et croisse,
Donnez, ô Mère du Seigneur,
A tous les fils de la Paroisse,
Obtenez l'éternel bonheur.

Au foyer désolé, voyez, leur place est vide.
Quand nos voix en tremblant disent leur nom tout bas,
Nul écho ne répond à notre cœur avide :
O Mère, est-il donc vrai qu'ils ne reviendront pas?

Quand de mourir pour nous pour eux a sonné l'heure,
Vous êtes-vous penchée à leur chevet sanglant?
Avez-vous remplacé la femme qui les pleure?
Avez-vous rayonné sur leur dernier instant?

Oh! comme ils vous aimaient, douce Vierge Marie!
Et comme ils avaient foi dans votre bras puissant!
Mère, étiez-vous près d'eux dans la grande tuerie,
Pour caresser leur âme et pour offrir leur sang?

Oh! oui, nous le savons, car notre cause est juste,
Car vous aimez la France et ses loyaux enfants;
En mourant ils ont vu votre sourire auguste
Luire comme une aurore à leurs cœurs triomphants.

Suppliez votre Fils de n'être point sévère
A leur chair trop débile, à leurs vingt ans fiévreux :
Puisqu'ils ont après Lui gravi l'affreux Calvaire,
Mettez-les près de Lui parmi les Bienheureux.

Nous vous offrons pour eux notre immense souffrance,
Notre ardente prière et nos serments d'amour.
Sauvez votre Royaume, ô Reine de la France,
Et donnez-nous à tous de les revoir un jour.

Cantique de la Victoire

A Dieu rendons gloire,
Il nous a sauvés!
Ils sont arrivés,
Les jours bénis de la grande victoire!
A Dieu rendons gloire,
Il nous a sauvés!
Nos cœurs éprouvés
De ses bienfaits garderont la mémoire!
A Dieu rendons gloire,
Il nous a sauvés!

Vous avez mis un terme à notre long martyre,
Et vos mains ont brisé le fléau tout-puissant;
O mon Dieu, devant vous le démon se retire;
Vous séchez les torrents de larmes et de sang.

Durant cinquante mois le merveilleux courage
De nos enfants, aidés par l'Univers chrétien,
A vaincu des Teutons les assauts et la rage :
Dieu juste et paternel, vous étiez leur soutien.

Vous éclairiez des chefs la haute intelligence,
Et, plongeant l'ennemi dans la nuit de l'orgueil,
Vous aidiez de vos fils l'inlassable vaillance
Dans notre sol martyre à creuser son cercueil.

Puis un jour, rejetant la cangue des tranchées,
Et, le cœur emporté par la haine et l'amour,
Ils reprenaient, joyeux, les vastes chevauchées
Et délivraient du joug les peuples tour à tour.

Que de fois, ô mon Dieu, tout près du grand naufrage,
Nous ne puisions qu'en Vous l'espoir d'être vainqueurs!
Par Vous nos grands soldats ont fait leur grand ouvrage;
Votre Cœur, ô Jésus, fortifiait leurs cœurs.

Les ouvriers géants de la grande épopée,
Que la sanglante mort emporta dans les cieux,
Debout près de l'Archange à la divine épée,
Joignent leurs *Te Deum* à nos chants glorieux.

Sur le Cœur de la France

Mon père? — Ah! pauvre enfant, là-bas gît son cadavre,
Dans les débris fumants des villages du front. —
Ma mère? — Sous le coup d'un malheur aussi prompt,
Elle meurt lentement du chagrin qui la navre.

— La maison toute blanche aux rayons du matin,
Et le jardin fleuri tout plein de belles choses?
— Un autre désormais en cueillera les roses,
Quelque fermier venu d'un pays très lointain. —

Qui donc va maintenant nous conduire à l'école,
Puis nous faire dormir sous nos rideaux de lin? —
Celui-là, mon enfant, qui chérit l'orphelin,
Le Dieu puissant et bon qui protège et console.

Celui qui ne veut pas qu'on brise les roseaux
Va sur vos cœurs meurtris rouvrir de fraîches sources;
Pour vous donner du pain va délier les bourses,
Et vous bâtir des nids comme aux petits oiseaux.

Votre père est au ciel : il n'a plus de souffrance;
Votre maman bientôt sera tout près de lui;
Vous plus tard; mais avant que ce beau jour ait lui,
Enfants, reposez bien sur le cœur de la France.

Prière pour la France

O Toi, qui mis dans sa grande âme,
Seigneur, lorsque tu la formas,
Et les tendresses de la femme,
Et la bravoure des soldats;
De l'Idéal qui fit sa gloire
Garde toujours l'éclat si beau
Rayonnant au ciel de l'histoire,
Comme l'azur de son drapeau.

Si jamais, en un jour d'alarmes,
Elle rappelait ses enfants,
O Dieu des Francs, bénis ses armes
Et ramène-les triomphants!
Fais que le sort lui soit fidèle
Et féconde dans le tombeau
Le sang généreux qui se mêle
A la pourpre de son drapeau.

Vers sa sublime destinée,
Seigneur, oh! guide-la toujours!
C'est pour ta gloire qu'elle est née;
Ton Cœur palpite en ses amours.

Fais, mon Dieu, qu'Elle s'en souvienne
Et, pour un avenir nouveau,
Garde pure sa foi chrétienne,
Comme la blancheur du drapeau !

PRIÈRE

O Dieu de Jeanne d'Arc, Dieu de l'Eucharistie,
Toi qui fis les peuples pour Toi,
Oh ! bénis l'étendard sacré de la Patrie,
Protège la France chérie
Et garde-lui sa gloire en lui gardant sa foi.

VIA REGIA CRUCIS

Les Orgues

Nos âmes et nos voix, orgues majestueuses,
S'unissent pour chanter vos splendides accents;
Reines au cœur sonore, artistes somptueuses,
Vous nous éblouissez de vos attraits puissants :
Nos voix chantent vos voix, orgues majestueuses.

Vos chants ne sont faits que pour Dieu,
Nobles filles de l'Empyrée,
Et l'inspiration sacrée
Les réserve pour le saint lieu.
Au seuil du temple solitaire
Ils reposent silencieux;
Mais, à l'heure du saint Mystère,
Leur aile fougueuse et légère
Porte au Bon Dieu notre prière
Et la terre entrevoit les cieux.

Orgues à la grande âme enflammée et sonore,
Qui tonnez, et pleurez, et chantez tour à tour,
Portez aux pieds du Christ que notre cœur adore,
Nos sentiments de foi, d'espérance et d'amour.
Que vos cantiques saints, joyeux comme l'aurore,
Ardents comme la foudre et beaux comme le jour,
Pour nous conduire au Dieu que notre cœur adore,
Nous prêtent le secours de leur aile sonore
Et chantent notre foi, notre espoir, notre amour,
Toujours! Toujours!

Nos petits Maîtrisiens

Piliers et nervures s'effilent
Dans un demi-jour diapré;
Les chapiteaux là-haut défilent
Sous un gai rayon coloré;
Par les grands vitraux de l'abside
Où chantent de vives couleurs,
La main d'or du couchant splendide
Sur le parvis sème des fleurs.
L'orgue en sa puissante allégresse
Répand des hymnes glorieux,
Et le peuple en fête se presse
Sous les arceaux mystérieux.
La Croix archiépiscopale
Fend les airs, et l'on voit venir,
Là-bas, le pontife au front pâle,
Qui lève la main pour bénir.
Devant lui marchent les chanoines
Dans l'éclat des camails soyeux,
Et, recueillis comme des moines,
Et frais comme un avril joyeux,
Pendant qu'un prêtre à cape grise
Leur fait signe de marcher droit,
Les jolis gars de la Maîtrise
Glissent par le passage étroit

Réservé dans l'épaisse foule :
Là, le suisse aux habits fringants
De sa hallebarde refoule
Chaises et pieds trop arrogants;
Mais au chœur bientôt le cortège
Par les degrés prend son essor;
Le célébrant devant son siège
Attend debout en chape d'or.
Comme dans une apothéose
Les enfants, aux rayons du soir,
En aube blanche, en manteau rose,
Parmi des vapeurs d'encensoir,
Défilent, nimbés de lumière :
L'œil les suit encore une fois;
Puis plus rien.... Mais, soudain, derrière
L'autel, montent leurs pures voix.

Voix dans le Crépuscule

Messieurs,

Ici-bas, nous faisons tous le même voyage :
Côte à côte aux vieillards vont les petits enfants,
Et chacun de nous porte avec soi son mirage
Pour se peindre des cieux ternes ou triomphants.
Cependant une loi qui pour tous est la même
Veut que la chute inexorable des hivers
Fasse insensiblement à chacun le jour blême,
La campagne muette et les sentiers déserts.
Et tandis que l'enfant rit à la claire aurore,
Cueille toutes les fleurs, écoute mille oiseaux,
Sur nos fronts plus pesants le ciel se décolore
Et les vapeurs du soir montent dans les roseaux;
En nos âmes s'épand la morne solitude;
L'aquilon de la mort sur nos cœurs dépouillés
Achève de son aile impitoyable et rude
Le triste effeuillement des pures amitiés.

Messieurs, comme c'est bien, n'est-ce pas, notre histoire?
Ecoutez un instant monter le souvenir :
Bon Pèr' Suchet, le front tout courbé d'humble gloire,
Oh! comme parmi nous il aimait à venir!

Et ce front large et haut, plein de jeune lumière,
D'un superbe demain, comme il portait l'espoir!
Et ce dévoué maître à la longue carrière....
Tous les ans quelle joie, ici, de les revoir!
Dans le bruissement de la cour familière
Ils vont, viennent; c'est bien leur sourire et leur voix;
C'est bien... que dis-je? hélas! Là-bas, une humble pierre
En un coin. — Oh! les jours, les clairs jours d'autrefois!

Mais il faut avancer sur la route déserte
Parmi les bruits nouveaux qui nous sont étrangers,
Tandis qu'à d'autres yeux sur la pelouse verte
Mai répand la neige odorante des vergers;
Sous nos regards pensifs la plaine solitaire,
Grise, glacée, au loin va mourant dans la nuit;
Une mélancolie, immense, de la terre
S'élève, et l'on dirait que l'espérance fuit;
Regardez vite en haut, timides créatures :
Du sol où vous marchez, rien ne fleurit pour vous;
Mais si vos nuits se font chaque soir plus obscures,
Leurs astres ont un feu plus ardent et plus doux.
Oh! oui, plus sur nos fronts s'épaississent les voiles,
Quand, aux départs d'amis, s'ajoutent les départs,
Plus vous multipliez, ô mon Dieu, les étoiles
Pour enchaîner là-haut nos cœurs et nos regards.

Barbarus, has Segetes !

Consolation ! Pourquoi notre âme s'émeut-elle
Si doucement, si fortement, à ce doux nom ?
Pourquoi le souvenir, pieusement fidèle,
Chaque été nous rassemble-t-il en ce vallon ?
Consolation ! Quand il résonne à notre oreille,
Ce mot où tant de charme exquis est enchâssé,
Soudain l'arrière fond de notre âme s'éveille
Et dans nos cœurs vibrants chante le doux passé.
Consolation ! Qu'on soit perdu dans un village,
Pour y tracer l'obscur sillon de tous les jours,
Ou que du monde on suive ailleurs quelque mirage,
Quels que soient nos travaux, nos rêves, nos séjours ;
Consolation ! Toute notre âme est ébranlée,
Et le prompt souvenir, en entendant ta voix,
Nous porte sur son aile au fond de la vallée
Où le ciel nous combla de bonheur autrefois !
Quel est ailleurs le séminaire ou le collège,
Dites, quel est le nid d'enfants, quels sont les lieux
A qui demeure autant qu'à toi le privilège,
Séminaire chéri, d'un culte si pieux ?
La désolation t'accable et t'environne,
Tout pleure dans tes murs abandonnés et nus,
Vois cependant, Consolation, vois la couronne
Que te font tes enfants un instant revenus.

Au regard des bourreaux tu n'es qu'un vil cadavre,
Peut-être même, avec un sourire moqueur,
Contemplent-ils aujourd'hui le deuil qui nous navre :
Consolation! nous sentons battre encor ton cœur!
C'était hier, c'était, semble-t-il, tout à l'heure :
La fanfare chantait aux échos; les enfants,
En cette cour qui maintenant, lugubre, pleure,
A leur joie, à leurs jeux, se livraient triomphants;
Les professeurs, dans la splendide solitude,
Brièvement goûtaient un repos mérité;
Puis l'on rentrait pour la prière ou pour l'étude,
Par le vieux cloître où brillait le mot : « Charité ».
Votre vie était noble, et paisible, et féconde;
Les rocs géants du Parc écartaient les vains bruits
Et, très discrètement, la cascade qui gronde
Et la hulotte, enfants, de loin scandaient vos nuits.
Innocence, labeur, prière et saine joie,
Vous gardaient purs, vous rendaient forts pour l'avenir;
Et vous ne pensiez pas qu'un sombre oiseau de proie,
Hélas! pour saccager votre nid pût venir!
Grande fut la surprise et grande la souffrance;
Mais, après tant d'exploits, les bandits odieux
Ne furent pas de taille à chasser l'espérance
Et nous la retrouvons souriante en ces lieux;
Elle eût peut-être fui, mais un ami fidèle
Avait su du vallon sacré garder un coin :
Elle est restée; oh! serrons-nous bien autour d'elle
Et ne permettons pas qu'elle s'en aille au loin!
Que seras-tu demain, saint asile? Il n'importe :
Loin de toi, loin de toi, la profanation!
Si notre tendresse est persévérante et forte,
Tu nous demeureras, béni Consolation!
Elisée autrefois s'étendit sur la couche
Du fils que la Sulamite avait eu des cieux,
Mit son cœur sur le cœur, sa bouche sur la bouche,

Ses deux mains sur les mains, ses deux yeux sur les yeux;
Et la chair de l'enfant s'échauffa, puis la vie
Revint entière dans le corps inerte et froid,
Et le prophète dit à la mère ravie :
« Emmenez votre fils! » Amis, ayons donc foi;
Espérons et prions; qu'à force de tendresse,
Après avoir mis longtemps nos cœurs sur son cœur,
Nous fassions qu'un beau jour, Consolation se dresse
Et, dans un geste ardent d'amour jeune et vainqueur,
Sur son cœur à son tour il nous prenne et nous presse!

Prière à N.-D. de Consolation

Sainte Mère de Dieu, bonne Vierge Marie,
Notre-Dame de Lourdes, oh! daignez nous bénir
Et poser vos regards sur la maison chérie
Dont nous ramène ici l'obstiné souvenir.
Un passé cinq fois séculaire le proclame,
Toujours vous fûtes Mère et Reine de ces lieux,
Et dans ce jour béni la voix qui vous acclame
Est pleine de la voix et du cœur des aïeux.
C'était hier, ô pure et puissante Patronne,
Dans le calme des soirs — Vous en souvenez-vous? —
Vous étiez là, comme aujourd'hui, sur l'humble trône
Edifié pour d'angéliques rendez-vous.
Dans les cieux recueillis souriaient les étoiles;
Aux mains de nos enfants palpitaient les flambeaux
Et du val déchirant féériquement les voiles,
Des feux étincelaient dans le miroir des eaux.
Les strophes de cantique ouvraient leurs chastes ailes;
Les *Ave Maria* montaient de toutes parts;
Les cœurs battaient d'amour, et d'immatérielles
Beautés semblaient jaillir de vos divins regards.
Oh! comme on priait bien! Puis la jeune fanfare
Vous chantait dans la nuit son vibrant au revoir;
Et nos cœurs s'en allaient, dirigés par le phare
De votre amour, vers le quotidien devoir.

Partout, à la chapelle et dans la cour joyeuse,
Et du vieil oratoire où l'on prie à genoux,
Des dons du Ciel inépuisable Pourvoyeuse,
Vous incliniez vos yeux et votre cœur sur nous.
La pleine confiance habitait dans notre âme
Et des millions de fois, Mère, souvenez-vous,
Nous vous avons jeté l'appel saint : « Notre-Dame
De Consolation, priez, priez pour nous! »
Eh bien! Mère, à cette heure, en dépit des alarmes,
Des ruines, du deuil, toujours plus confiants,
Vos enfants sont venus : Mère, voyez les larmes,
Mère, entendez l'espoir de vos petits enfants.
Oh! pour avoir gardé comme une oasis sainte
La grotte où ce matin nous nous réunissons,
Pour nous avoir rendu le Parc et cette enceinte,
Vierge Consolatrice, oh! nous vous bénissons!
Mais la maison qui réjouit notre jeunesse,
Dont parmi nous chacun était épris et fier,
O Mère, voulez-vous que la vie y renaisse,
Qu'on vous y prie et que demain soit comme hier?
Quels enfants grandiront dans son sein, il n'importe,
Mais redonnez une âme à ce vieux cloître mort,
Mais peuplez cette cour, mais rouvrez cette porte,
Mais qu'en votre Chapelle on communie encor.
Au nom de votre Fils Jésus qui tout à l'heure,
Ici même, a voulu pour nous tous s'immoler,
Mère, exaucez le cri de notre âme qui pleure
Et par ce dernier don daignez la consoler.

Chant de Résurrection

MONSEIGNEUR,

C'était hier : ces lieux, pour la première fois,
Ouvraient au bon Pasteur leurs portes triomphantes,
Et déjà vers le ciel nos âmes confiantes
Elevaient leur espoir sur l'aile de nos voix.

Où Dieu descend, toujours s'épanouit la vie :
Père infiniment bon, Il peuple les berceaux,
Les nids de nos enfants comme les nids d'oiseaux.
Regardez, Monseigneur, en votre âme ravie :

Combien l'événement dépasse notre espoir !
Dans le nid dilaté quels chants et quels bruits d'ailes !
Cris des petits et voix des graves hirondelles,
A qui le foyer neuf permet de se revoir.

Pourtant là-bas, au cœur d'Ornans, le Séminaire
Pèse, vide et muet, comme un constant remords.
Mais nous laissons les morts ensevelir les morts,
Et nous vivons ailleurs : c'est là notre manière.

En avaient-ils brisé des nids? Marnay, Luxeuil,
Ornans, Conso, Vesoul, Besançon, la Maîtrise!
Si l'Eglise n'était qu'une humaine entreprise,
L'herbe depuis longtemps couvrirait son cercueil.

Mais c'est toujours pour Elle, et le Calvaire, et Pâques;
L'Univers qui la voit dit : « Elle va mourir!
« Pour lui percer le flanc Longin vient d'accourir. »
Voyez donc : Elle passe et rit de vos attaques!

Ils avaient cru que sur la France, un jour, l'Enfer,
Brisant le nimbe d'or de l'auguste chrétienne,
Ramènerait, avec la débauche païenne,
Dans la nuit sans étoile, une époque de fer.

Vraiment, il semblait bien que c'était l'agonie :
Vieille foi, vieilles mœurs, poussaient leurs derniers râles,
Et sur les cœurs déserts l'ombre des cathédrales
D'heure en heure allongeait sa tristesse infinie.

Alleluia! Jésus vit encore avec nous :
Après de trop longs jours d'opprobre et de souffrance,
Entendez tressaillir le cœur de notre France,
Et voyez ses enfants tomber à deux genoux.

Bruit d'essaims; écoutez : c'est la jeune paroisse
Qui se suspend aux flancs de la vieille cité;
C'est le peuple qui dit au Christ ressuscité :
Sauve-nous! Que ton règne en nos enfants s'accroisse!

Et comme au temps où Jeanne à son prince féal
Rendait de par Jésus le sol de la Patrie,
Sur le front relevé de la France meurtrie
Son nom pur fait courir un souffle d'idéal.

Aux doux appels du Christ s'ébranle la jeunesse :
« Qui donc pourra jamais nous ravir votre amour?
« Dit l'un d'eux, le flambeau dans nos mains tour à tour
« Va passer : que chacun Vous aime et Vous connaisse! »

Malgré les ennemis et les indifférents,
Debout, dans la hauteur de sa divine taille,
L'Eglise, tous les jours, pour les saintes batailles,
A de nouveaux soldats, joyeuse, ouvre ses rangs.

Magnifique en sa discipline, Elle s'avance,
Et ses Chefs, dont l'amour garde l'autorité,
— Saluons, chers Messieurs, le nôtre avec fierté —
Reprennent pied à pied le sol de notre France.

Mais prions et peinons, pour qu'au firmament bleu,
Sans plus rien qui les avilisse et les divise,
Protégés par l'Archange au bouclier de feu,
Tous les Français enfin acclament la devise :

« Qui donc est comme Dieu? »

Nos Mamans

O beau val de Consolation, pur printemps,
Beaux jours d'avril passés dans la lumière !
De nos amours rien ne vaut la première :
O Consolation, l'amour de mes trente ans !

O notre cher Consolation, nostalgie
Sous le fardeau des travaux et des jours;
Tu resteras, mon beau vallon, toujours,
Ma douce et claire idylle aux heures d'élégie.

O maison de Consolation, tes enfants
Dans leur nid frais d'ombrage et de verdure,
Ton parc si riche, à l'austère nature,
Tes maîtres à la fois dévoués et savants;

Vert écrin de Consolation, poésie
D'où le beau vers, comme l'eau du Lançot,
Jaillit et monte en fraîche fantaisie,
Souvenirs qui, dans mon vieux cœur, coulent à flot;

Asile de Consolation, ton calvaire,
Les sombres jours où le barbare vint
Meurtrir ta face, et de ton sanctuaire
Proscrire la prière et l'office divin;

Miraculeux Consolation, ta merveille
De pleine vie, en ce matin joyeux
Du jour des prix dans le val qui s'éveille;
Matin d'enchantement pour l'esprit et les yeux.

O bien-aimé Consolation, ton image,
Je veux encor pleinement la chanter;
Mais aujourd'hui permets à mon hommage
De tendrement loin de toi s'écarter.

Un autre objet sacré l'appelle, et d'autres laudes,
Alouettes d'amour, s'élèvent dans mon cœur,
Et veulent, chers Messieurs, de leurs strophes très chaudes
En vos âmes verser la sonore liqueur.

Puissé-je, d'une voix saintement attendrie,
En beaux rayons d'amour faire jaillir mon chant,
Et déposer au pied de l'image chérie
Dont s'enchantent mes yeux, un hommage touchant!

Mystère de bonté : tout le long de la vie
A nos côtés, placé par Dieu, puissant et beau,
Un ange dans sa main prend notre main ravie
Et nous guide amoureusement jusqu'au tombeau.

Mais quand, au lendemain de nos jours éphémères,
Le Chérubin s'en va, se souvient-il de nous?
D'autres anges... chantons, amis, chantons nos mères :
Pour elles en ce jour nos accents les plus doux!

Amour toujours vivant, amour inépuisable,
D'où nous sommes sortis, où nous sommes plongés,
Seul amour qui, parmi tant d'amours périssables,
Jamais, au ciel comme ici-bas, ne prend congé.

L'amour de nos mamans, Messieurs, sur notre fête,
Et sur chacun de nous, il plane en ce beau jour,
Qu'il s'en vienne des lieux où la joie est parfaite
Du Purgatoire austère ou de l'humain séjour.

Et parmi nous, certainement, il n'est personne,
Si privé qu'il puisse être ici-bas d'amitié,
Dont le cœur de cette assurance ne résonne :
Dans ma joie et mes pleurs ma mère est de moitié.

Qu'il soit donc plein, et pur, et vibrant, notre hommage ;
Qu'il éclate en ces lieux, qu'il retentisse au ciel ;
Tandis que dans mes vers j'évoquerai l'image
De nos mères, de leur amour essentiel.

***

O maman, j'oserai vous chanter la première,
Vous que Dieu nous ravit quand sonnaient mes vingt ans ;
Vous voici bienheureuse au sein de la lumière,
Le front auréolé de l'éternel printemps.

De vos traits je revois la pâle transparence,
Dans l'exquise blancheur du bonnet tuyauté ;
La profondeur des grands yeux noirs où la souffrance
Taillait un diamant de mystique beauté.

J'entends l'écho très doux de vos saintes paroles,
Quand votre amour sublime, éclairé par la foi,
Montrait à ma jeunesse inexperte le rôle
Du tendre enfant qui se consacre au divin Roi.

Dans votre voix, c'est la voix de toutes nos mères,
C'est leurs saintes leçons que j'entends retentir;
Mes souffrances, ce sont nos souffrances amères,
Messieurs, quand nous avons vu nos anges partir.

Beaucoup ont traversé parmi vous l'heure sombre
Où nos mamans ont dit l'irrévocable adieu;
Comme en ce noir instant il semble que tout sombre
Dans le foyer qu'elles faisaient si radieux!

Mais de là-haut, nous le savons de foi très ferme,
Leur cœur veille sur nous, plus tendre que jadis :
Il nous trace la voie, il nous montre le terme,
Il nous attend au rendez-vous du Paradis.

Chères mamans, du sein de la béatitude,
Vous voyez notre vie, elle est triste parfois :
Que chaque jour dans leur pesante solitude,
Nos pauvres cœurs blessés entendent votre voix.

A votre amour vos fils ont tant coûté pour naître,
Pour grandir, pour atteindre aux glorieux sommets :
Ici-bas, comme aux cieux, sainte maman du prêtre,
Inspirez votre enfant; ne le quittez jamais.

Et vous, amis, dont le foyer possède encore
Le doux rayonnement du maternel regard,
Que rien d'ici longtemps, longtemps, ne vienne clore
Tant de bonheur; gardez votre maman très tard;

Gardez-les, elle et lui ; quelle douceur exquise
Pour de nobles parents de goûter près d'un fils,
Enfin prêtre, une paix pieusement acquise,
Et de vieillir au pied du même Crucifix !

Du Crucifix !... Voilà le souvenir qui navre,
Pauvres parents, hier pleins d'un bonheur serein,
Affolés ce matin, penchés sur un cadavre...
Comme nous vous pleurons, trop cher abbé Perrin !

Sur nos tombes versons de fraternelles larmes,
Et reprenons joyeux le chant qui s'était tu ;
Prêtres, laïcs, revenons vite sous le charme
De nos mamans, de leur amour, de leur vertu.

Religieusement, toutes portes fermées
Sur nos cœurs si jaloux de les bien honorer,
Inclinons-nous devant nos mères bien-aimées
Et laissons notre amour doucement murmurer :

O mère tendre, ô mère sainte, ô vous, ma mère,
Sacrifice et pudeur, sourire et dignité,
Azur, parfum, trésor de vie et de lumière,
Source intarissable et joyeuse de bonté ;

Si quelquefois, hélas ! notre âme dispersée
Sembla de votre amour méconnaître le prix,
Qu'en cet instant du moins, suavement bercée,
Votre image triomphe au cœur de tous vos fils.

*
**

Et maintenant, du plantureux bouquet de fête
Que la tendresse a composé pour nos mamans,
Dédions une part à ces femmes parfaites
Dont les fils, demeurés si bons, sont dans nos rangs.

Dans les asiles saints ou sur un cœur docile
Le vrai, le bien, le beau s'épanchent tour à tour,
Aux parents soucieux combien il est facile
D'espérer que la grâce aidera leur amour!

Jardins bien clos, jardins féconds, nos Séminaires
Des plants nés vigoureux décuplent la vigueur;
Mais qui saura jamais ceux que contaminèrent
Ailleurs, tous les poisons de l'esprit et du cœur?

Si donc des femmes, quand tout se fripe et s'énerve,
De leurs fils restés droits font nos meilleurs soutiens,
Quel chef-d'œuvre, Messieurs! Prodiguons sans réserve
Nos chauds vivats aux mères des laïcs chrétiens.

*
**

Je songe maintenant avec ferveur à celles
Dont la pure, et constante, et haute affection
Garde au cœur des petits la vivante étincelle
De l'idéal d'où jaillit la vocation.

Les fruits de leur amour peuplent nos Séminaires;
Pourtant ce n'est pas l'or, le plaisir, ni l'honneur
Que rêvent pour leurs fils ces courageuses mères,
En les vouant dans nos jours sombres au Seigneur.

Tâchons de pénétrer le secret de ces âmes :
Comme la foi sans ombre y donne son plein jour!
Comme les saints désirs y fomentent les flammes
Où force et pureté s'allument tour à tour!

Comme leur cœur s'unit à Dieu dans la prière,
Et de tendresse active entoure ces enfants,
En les poussant discrètement dans la carrière
Qui monte vers les holocaustes triomphants!

Venez, regardez-les dans leur modeste vie :
Celle-ci court, allègre, aux robustes travaux
Et, du matin au soir, de beaux enfants suivie,
Pour asseoir la maison butine sans repos.

Mère féconde, au sang vermeil de jeune fille,
Dans son splendide été c'est encor un printemps.
Beaux membres, muscles forts, partout la santé brille
Sur le corps de ses fils robustes et contents.

Celle-là, dans la vie avance plus craintive :
Enfant du peuple, enclose en l'ombre des cités,
Son cœur, très grand, n'y trouve rien qui la captive;
Elle en hait les orgueils et les lubricités;

Aussi quand, chaque soir, petit fonctionnaire,
L'époux s'est relevé d'au pied du Crucifix,
Comme amoureusement le mot de Séminaire
Sonne dans les discours qu'ils tiennent sur leurs fils!

Bien chers Messieurs, pour les mamans de nos lévites,
A la maman du Prêtre Eternel demandons,
Par son cœur virginal, et les divins mérites,
Qu'Elle en augmente encor la nécessaire élite
Et que par Elle Dieu la comble de ses dons.

PRIÈRE

Mère sainte, tendre et puissante,
Sur les mères de nos enfants,
Posez votre main caressante
Et vos regards compatissants.
Au pied de votre auguste trône
Voyez leur aimable couronne
Et l'amour ardent qui rayonne
De leurs cœurs droits et confiants.

Elle est si douce, votre Image,
A nos yeux meurtris de laideurs;
Il est si bon de rendre hommage
A vos ineffables grandeurs;
De la bassesse de nos vices,
O Reine des saints sacrifices,
Quelle fierté, quelles délices
D'admirer vos blanches splendeurs!

L'amour vertueux de nos mères
C'est votre reflet ici-bas;
C'est, dans nos clartés éphémères,
La beauté qui ne s'éteint pas.
Quand leur âme cherche un modèle,
C'est toujours, ô Vierge fidèle,
Vers votre lumière immortelle
Que tendent leurs cœurs et leurs pas.

Mais que deviendrait notre terre
Si sur son horizon vermeil,
O Mère, le sacré mystère
Ne montait plus comme un soleil?

Obtenez-nous du divin Maître,
Par nos mamans beaucoup de prêtres,
Que nous voyions enfin paraître
Le jour béni du grand réveil!

Satan dans la nuit passe encore,
Jetant sa semence de mort :
Paraissez, virginale Aurore,
Et réveillez l'âme qui dort;
Qu'à vos feux nul ne se dérobe
Et qu'après les blancheurs de l'aube,
Par vos prêtres sur notre globe,
S'étende au loin la moisson d'or.

Domine, non sum dignus

Avez-vous épuisé votre miséricorde
Pour le pauvre pécheur qui tremble à vos genoux?
Mon Dieu, le vase impur de mes fautes déborde,
Et je n'ose élever mon cœur contrit vers Vous.

Vous avez vu passer le flot de mes promesses
Et tomber un à un mes fragiles serments;
Mais, toujours pitoyable à mes tristes faiblesses,
Vous me rouvrez, mon Dieu, vos bras toujours cléments.

Peut-être qu'aujourd'hui le dégoût, la fatigue,
O Père, Vous ont fait retirer tous vos dons,
Et que, sur le chemin où vient l'enfant prodigue,
Vous n'apporterez plus vos émouvants pardons.

Vous êtes le témoin de ma honte sincère :
Je rougis d'offenser ainsi votre bonté.
Daignez donc exaucer mon ardente prière
Et revêtir d'airain ma faible volonté.

Ah! Vous avez le droit de vous montrer sévère;
Mais, puisque Vous voulez qu'on pardonne toujours,
Pardonnez-moi, Seigneur, et par votre Calvaire,
Donnez-moi d'être saint le reste de mes jours.

Virgini Immaculatæ

Voix profane, ignorante, impure,
Nul n'est digne de Vous chanter :
Vous êtes si blanche et si pure,
Et vous connaissez nos souillures,
O Beauté!

Notre âme est égoïste et dure;
Et Jésus nous a rachetés
En offrant avec ses blessures
Vos virginales meurtrissures,
O Bonté!

Une fois encor je murmure,
Dans ma tremblante indignité :
« Soulevez ma pauvre nature,
Et je serai saint, je vous jure,
O Sainteté! »

Alleluia

Il est loin, le sinistre rêve
Du Prétoire et du Golgotha :
L'aube sourit; un chant s'élève :
Alleluia !

Angoisses et terreurs funèbres
Du soir où Jésus expira,
Vous avez fui; plus de ténèbres :
Alleluia !

Sur la Croix, ta divine Proie,
O Mort, toi-même te cloua :
La vie a réveillé la joie :
Alleluia !

Soulève ta triste paupière,
Toi dont la bouche le nia :
Cours, et vois, et témoigne, ô Pierre :
Alleluia !

Et va de ta voix ignorante
Dire à tous qu'Il ressuscita,
Que tu l'as vu; qu'il faut qu'on chante :
Alleluia !

A ton humble appel ébranlée,
D'amour et d'espoir frémira
L'Humanité renouvelée :
Alleluia !

Elle est fille de ta parole,
La Foi qui nous purifia,
La Foi qui baptisa la Gaule,
Alleluia !

Par toi, le grand soleil de France
Au ciel de l'histoire brilla.
Mon beau pays, pour ta vaillance,
Alleluia !

Mais est-il vrai que la nuit tombe?
Que ta vie, ô France, s'en va?
Que nul ne dira sur ta tombe :
Alleluia !

Non, malgré l'enfer et sa rage,
Tu vis : le Christ est toujours là !
Ayons espoir, ayons courage !
Alleluia !

J'entends monter, monter la sève;
Avril entonne l'Hosanna :
C'est le printemps : partout s'élève
L'Alleluia.

Verba mea auribus percipe, Domine

Avant de mourir, je veux que ma voix,
Humble et touchante,
Plus pieusement, encore une fois,
Mon Dieu, vous chante.

A ces pauvres vers, après mon trépas,
Faites la grâce
Que par eux, longtemps encore, ici-bas,
Le bien se fasse.

Quand je serai mort, mon indignité
M'emplit de crainte;
Mais ces chants crieront vers votre Bonté,
Trinité sainte.

Gloire au Père, au Verbe, à l'Esprit divin,
Partout, sans fin.

Le Russey,
En la fête de Tous les Saints
1928.

TABLE DES MATIÈRES

0-809 AVIGNON, MAISON AUBANEL FRÈRES

IMP
AUBANEL
FRERES
AVIGNON

BIBLIOTHEQUE NATIONALE DE FRANCE
3 7502 01396692 6

www.ingramcontent.com/pod-product-compliance
Lightning Source LLC
LaVergne TN
LVHW020317230826
846091LV00003B/707

* 9 7 8 2 3 2 9 0 9 0 0 8 5 *